Eigentlich ist Pfridolin ein Freizeitpferd, das höchstens vom Gedanken an die nächste Mahlzeit oder dem Wunsch nach einem Liebesleben geplagt wird. Sein bester Kumpel Faxe hat ebenfalls die Ruhe weg. Als beide unverhofft eine Leiche finden, hat die beschauliche Zweisamkeit ein Ende. Mit einem Mal überschlagen sich die Ereignisse - die Beiden gehen auf Mörderjagd und Pfridolin hat trotz seiner abscheulich schief geschnittenen Mähne erstaunliche Erfolge beim anderen Geschlecht. Auch die Farbe Rosa, der Pfridolin als Fast-Hengst sonst eher ablehnend gegenübersteht, spielt eine wichtige Rolle bei den Ermittlungen des nicht ganz so dynamischen Duos.

„Absolut genial!"
Faxe

„Spannend bis zum Schluss und gleichzeitig saukomisch!"
Pfridolin

Pfridolin Pferd

Tod im Misthaufen

Ein Pferdekrimi

Bibliografische Information der Deutschen Nationalbibliothek:
Die Deutsche Nationalbibliothek verzeichnet diese Publikation in
der Deutschen Nationalbibliografie; detaillierte bibliografische Daten
sind im Internet über http://dnb.dnb.de abrufbar.

Herstellung und Verlag: BoD – Books on Demand, Norderstedt

ISBN: 978-3-7519-48296

Dafür, dass dieses Buch existiert, muss ich mich bei ziemlich vielen großartigen Menschen und Tieren bedanken, nämlich bei denjenigen, die meine Abenteuer im Blog, auf Facebook und auf Twitter verfolgen. Danke, dass es euch gibt!

Dank auch an die Freunde aus dem Blaulichtmilieu und an alle Reitlehrer und Reitlehrerinnen, die bisher versucht haben, der Frau das Reiten beizubringen. Dass es nicht geklappt hat, ist nicht eure Schuld.

1. Kapitel, in dem wir jemanden im Misthaufen finden und über einen bösen Menschen lästern

„Guck mal, was ist das denn? Sieht ja voll eklig aus", sagte ich zu meinem Kumpel Faxe, als uns Oleg, der russische Stallhelfer, von der Weide führte. Für meinen Geschmack viel zu früh, aber „Immer schön auf die Figur achten!", sagt Dana, meine Besitzerin. Ich nenne sie „die Frau", weil sie mir meistens eh nicht zuhört, und da ist es dann auch egal.

Ich bin übrigens Pfridolin, ein Hannoveraner Wallach im besten Alter. Faxe ist ein Tinker und mein bester Kumpel, auch wenn er mir intellektuell natürlich nicht das Wasser reichen kann. Aber er ist toll flauschig und für einen Tinker ungewöhnlich schwarz. Das ist auch irgendwie schön und besonders. Außer uns wohnen noch andere Pferde im Stall, aber die meisten von denen sind langweilig, weil sie sich nicht für mich interessieren.

Das Eklige, das ich gesehen hatte, war nicht nur der Misthaufen, an dem wir gerade vorbeikamen – der war aber fast immer da -, sondern der Mensch, der da kopfüber drinsteckte. Mitten im mistigsten Pferdemist. Ralph Reißmann oder RR oder auch Ralph Reißhand ob seiner brutalen Reitweise – man konnte ihn nennen wie man wollte, dadurch wurde es nicht besser. Ein Unsympath durch und durch. Von Beruf Springreiter, der seine Pferde brutal behandelte und auch schon mal vergaß, sie zu füttern. Ich erkannte ihn an seiner Kleidung und natürlich am Geruch, obwohl ich mich aus Prinzip immer bemühte, neben dem Misthaufen möglichst flach zu atmen. Faxe wunderte sich auch.

„Menschen. Was für kranke Ideen die immer haben. Warum macht er das wohl?"

„Warte, ich guck mal, ob ich mehr erkennen kann", sagte ich und reckte den Hals. Der Weg zum Stall verlief erhöht. Rechts davon fiel das Gelände ab. Dort war der Misthaufen. Links davon wuchs Gras.

„Ooooh Gras!" sagte Faxe, der sich leicht ablenken ließ, und machte sich daran, die drei Hälmchen am Wegesrand zu rupfen. Tinker, ne. Ohne Worte.

Alexej, der mit Companero und Konrad hinter uns herkam, musste stehen bleiben. Alexej war Olegs Kollege. Er war noch nicht so lange hier wie Oleg, kannte sich aber mit uns aus. Er konnte laut lachen und mindestens genauso laut ausländisch fluchen, was er in dieser Sekunde auch tat. Companero, der spanische Schimmel, hatte nämlich die Gelegenheit genutzt, um Konrad zu zwicken. Ich konnte das verstehen – Konrad war eine ganz furchtbare Nervensäge mit einem derart aufgeblähten Ego, dass Totilas neben ihm wie ein Kinderpony wirkte. Konrad war von Beruf Dressurpferd, konnte alles und hatte auch schon alles gewonnen - jedenfalls, wenn man seinen Erzählungen Glauben schenkte, was wir aus gutem Grund nicht mehr taten. Jetzt mal unter uns: wie wahrscheinlich war es denn, dass unser doofer, eingebildeter Konrad tatsächlich Dressurweltmeister war? Eben. Sowas glaubten nur die unerfahrenen Jungpferde, unter denen er einige Fans hatte. Gut, er war echt groß und hatte einen super trainierten Body, aber er war definitiv keine Intelligenzbestie. Faxe und ich fanden ihn einfach nur peinlich, und anscheinend sah Companero das genauso.

Ich spähte weiter von meiner erhöhten Position auf den Misthaufen unter uns, während sich Faxe darum kümmerte, den Wegrand von Gras zu befreien. Olegs Arme wurden lang und länger. Er schimpfte. Das war ja mal wieder typisch für die Menschen - die kriegen nie was mit. Da kann unsereiner noch so sehr kommunizieren, sie sind halt begriffsstutzig. Ich hatte inzwischen festgestellt, dass Ralph Reißmann halb unter dem Pferdemist verborgen war und eher tot als lebendig aussah. Tja. Sollte er mal gucken, wie er damit klarkam. Faxe und ich setzten uns wieder in Bewegung - es gab ja anscheinend nichts weiter zu sehen. Alexej rief Companero zur Ordnung, und unsere kleine Herde trottete in Richtung Stall.

In der Box angekommen, machte ich es mir erst einmal gemütlich. Gleich würde bestimmt die Frau aufkreuzen, um mich zu reiten oder gar zu longieren. Bis dahin wollte ich eins sein mit dem Universum und ein wenig meditieren.

„Boah, hast du geschnarcht", sagte eine Stimme direkt neben meinem Ohr. Die Frau. Wenn ich es nicht besser gewusst hätte, wäre ich panisch hochgesprungen, aber mittlerweile kenne ich sie und weiß, dass sie harmlos ist. Lieb und eigentlich ganz nett und gottseidank nicht so schwer, aber manchmal ein bisschen schwer von Kapee. Wie die Menschen halt so sind. Bei der Frau würde im Zeugnis stehen: „Sie hat sich stets bemüht", aber mich fragt ja keiner. Also duldete ich es, dass sie mich aus meiner Meditation riss und sich sogar auf meinen Rücken setzte, während ich lag. Das war ein ganz großer Vertrauensbeweis meinerseits und zeigte, was für ein großartig gutmütiger Kerl ich doch war. Faxe lästerte von nebenan irgendwas über „zu faul zum Aufstehen", was ich aber souverän ignorierte.

Irgendwann erhob ich mich dann majestätisch und nahm anmutig die Möhre entgegen, die die Frau mir anbot. Man darf sich nicht unter Wert verkaufen, hat mir Faxe einmal gesagt, und ich glaube, damit hat er Recht.

Die Frau erklärte mir mit glänzenden Augen, dass wir ausreiten würden. Ich bin ja generell ein großer Freund von Ausflügen, vor allem, wenn ich entscheiden darf, wohin es geht und in welcher Geschwindigkeit, aber bisher hat die Frau meine Entscheidungen immer angezweifelt. Oft fielen sogar böse Worte. Hey, ich meine - manchmal muss man einfach schnell zum Stall zurück, und da ist es doch nett, wenn ich die Frau mitnehme, oder? Fand sie aber nicht, so wie sie dabei immer am Zetern war. Manchmal kann man es ihr einfach nicht recht machen.

Umso beeindruckter war ich über ihren plötzlichen Sinneswandel. Wahrscheinlich war sie wieder an den Beruhigungskräutern in der Futterkammer, davon wird man nämlich verwegen und gleichzeitig entspannt. Ich habe die auch schon mal bekommen, deshalb kenn ich mich damit aus. Und ich bin mir fast sicher, dass die Frau sich heimlich daran vergreift.

Wie sich herausstellte, lag die Wahrheit irgendwo dazwischen: Faxe und seine Besitzerin würden mitkommen. Die beiden haben eine stark beruhigende Wirkung auf die Frau, und ich war mir sicher, dass im Notfall Faxe und nicht ich von den gefährlichen Monstern im Wald gefressen wurde. Weil ich nämlich schneller bin als ein philosophischer Tinker mit dezentem Übergewicht. Und abgesehen davon ist Faxe ein super Schattenspender und Gesprächspartner.

Das hört sich jetzt vielleicht brutal an, aber in der Natur geht es grausam zu. Faxe würde genauso denken und bei einer panischen Flucht – ok, wir sprechen von Faxe. Faxe würde, falls sich seine Reiterin beim gemächlichen Wegtraben vor einer Gefahr nicht mehr im Sattel halten könnte, erst noch ihre sämtlichen Jacken- und Hosentaschen auf eventuell vorhandene Leckerlis untersuchen, bevor er die wilde Flucht fortsetzt. Und zwar gemächlich von Grasbüschel zu Grasbüschel. So böse ist es draußen in der Wildnis.

Inzwischen war auch Melanie, Faxes Besitzerin, im Stall angekommen und schleppte Putzzeug und Sattel zu Faxes Box. Glücklicherweise ahnte sie nichts von Faxes und meinen Gedanken und hielt uns für harmlose, flauschige Freunde (Faxe) beziehungsweise sympathische Freizeitpferde (mich).

„Hey Dana, bist du schon lange da? Oder wohnst du jetzt in der Box? Ist für ein Doppelzimmer eigentlich groß genug, wenn du ein bisschen abnimmst", lästerte sie.

Damit konnte sie nur Dana gemeint haben. Ich bin nämlich ein barocker Hannoveraner, der muss einen tiefen Schwerpunkt haben. Von wegen dick. Die Frau zog sich den Schuh aber nicht an und machte Melanie freundlicherweise darauf aufmerksam, dass auch Faxe nicht der Schlankste war.

„Ich weiß. Er kriegt auch eigentlich kaum Futter. Aber manchmal guckt er so traurig, dass ich ihm gar nicht widerstehen kann. Er ist einfach unglaublich leichtfuttrig. Bei ihm setzt alles sofort an", versuchte sich Melanie zu rechtfertigen.

Ja, Faxe war ein Meister des traurigen Blicks. Jeder Golden Retriever wäre neidisch auf ihn gewesen. Außerdem konnte er Boxen- und andere Türen öffnen, Knoten lösen und sogar ein bisschen lesen, was ganz praktisch war, wenn man Säcke aufreißen wollte und nicht sicher war, ob da Hafer oder Zement drin war. Glücklicherweise hatte er einen widerstandsfähigen Magen und bisher weder Kolik oder Hufrehe gehabt. Nach seinen ersten erfolgreichen Aus- und Einbruchsversuchen hatte sich unsere Futterkammer allerdings in einen Hochsicherheitstrakt verwandelt. Schade.

Während Dana und Melanie uns vor unseren Boxen anbanden und putzten (*Jaaaa, kratz mich da – nein, mehr rechts – jetzt weiter oben!*), kam Kiki, die Reitlehrerin, in die

Stallgasse. Sie war für einen Menschen erschreckend pfiffig und verstand sogar sehr viel von dem, was Faxe und ich sagten.

„Hat einer von euch vielleicht Blacky gesehen? Oder Ralph?"

Hatten Melanie und die Frau natürlich nicht, die waren ja grade erst in den Stall gekommen und hatten sich vorschriftsmäßig nur um ihre Pferde gekümmert.

„Ach, ist unser Ausbrecherkönig wieder unterwegs?"

Blacky, das schneeweiße Minishetty, hatte einen ausgeprägten Freiheitsdrang. Wegen seiner geringen Größe passte es unter den meisten Weidezäunen durch, ohne sich zu bücken. Faxe war zwar auch gelenkig, wenn es um Grashalme auf der anderen Seite des Zauns ging, aber Blacky war in der Hinsicht einfach unschlagbar und sein heimliches Vorbild.

„Ja, dem war es wohl zu langweilig auf der Wiese. Vielleicht hat Ralph ihn ja gefunden."

„Sein spezieller Freund? Ich glaube nicht, dass sich Blacky von Ralph anfassen lässt. Er scheint ihn nicht sonderlich zu mogen", erwiderte Dana diplomatisch.

„Das wundert mich gar nicht, und es beruht auf Gegenseitigkeit. Ralph kann es schon nicht verstehen, dass sich jemand so ein Tier anschafft. Noch dazu eins, das zu nix gut ist, wie er immer sagt."

Ein Sturm der Entrüstung folgte. Dana und Melanie fanden Blacky nämlich großartig. Er gehörte Marie, die auch Companero, meinen spanischen Boxennachbarn, ihr Eigen nannte. Sie hatte ihn von einer Tierschutzorganisation bekommen, die ihn völlig abgemagert und krank aus schlechter Haltung gerettet hatte. Jetzt genoss er das Leben in vollen Zügen. Marie hatte angefangen, ihm Kunststücke beizubringen, und wollte ihn später am langen Zügel ausbilden. Dana und

Melanie stellten sich das spektakulär vor – Companero, der spanische Schimmel, und Blacky, das kleine weiße Minishetty, in prunkvoller barocker Zäumung. Wenn der kleine Kerl denn mal da bliebe, wo man ihn hinstellte.

„Schon gut, war doch nur Spaß. Ich finde ihn ja genauso toll wie ihr", rechtfertigte sich Kiki. „Apropos finden: Wo stecken die beiden denn nur? Ralph und ich waren ja eigentlich verabredet und wollten ein Pferd angucken fahren. Ich such dann mal weiter." Sie verschwand um die Ecke.

„Will Kiki sich noch ein Pferd kaufen oder meinst du, es ist für Ralp?", fragte Melanie.

„Du sollst nicht immer Ralp sagen. Auch wenn er ein garstiger Kerl ist, wird es trotzdem Ralf ausgesprochen."

„Aber Ral-p-h geschrieben und ja, ich kann ihn nicht leiden. Ich könnte ihn noch ganz anders nennen."

„Wer kann ihn schon leiden. Ich hoffe nur, er kauft sich nicht noch ein Pferd! Er kümmert sich ja um die vier, die er jetzt hat, schon nicht vernünftig. Guck dir nur mal Cassidy an, der sieht aus wie Haut und Knochen. Und der arme kleine Fabio muss dringend zum Schmied, der kann ja mit den langen Hufen gar nicht mehr vernünftig laufen, geschweige denn springen."

„Dann hat er wenigstens einen Grund, ihn wieder zu verprügeln. Ich hasse diesen Kerl! Am liebsten würde ich ihm den Hals umdrehen und ihm seine Tiere wegnehmen. Die beiden Stuten sehen auch traurig aus, mit dem alten Satteldruck."

„Alter Satteldruck? Von wegen. Hast du dir mal Quadrigas Rücken angeguckt? Die hat offene Stellen und er reitet sie noch", empörte sich die Frau.

„Dieses Schwein", waren wir uns alle einig.

„Vielleicht braucht Kiki ja noch ein Schulpferd", überlegte die Frau weiter. „Daisy wurde verkauft, Karlchen ist noch in der Ausbildung und John-Boy geht nicht mehr im Schulbetrieb mit."

„Warum eigentlich nicht?"

„Ich glaube, er ist jetzt in Rente."

„Was? So alt sieht der doch gar nicht aus?"

„Der ist schon 25, soweit ich weiß. Ist halt super ausgebildet und erzogen und immer richtig geritten worden, der alte Herr. Dann bleibt man auch in Schuss, nicht wahr, Pfridolin?"

Diesen Seitenhieb fand ich überflüssig. Dana und Melanie sprachen schließlich gerade über John-Boy, den Johannes Heesters des Hofs. Er hielt sich für unwiderstehlich, baggerte alles an, was nicht bei drei über den Zaun gehüpft war und hatte einen befremdlichen, senilen Charme, dem Frauen reihenweise zum Opfer fielen. Unnötig zu erwähnen, dass männliche Wesen dagegen komplett immun waren.

Ich dagegen war ein attraktiver Wallach im besten Alter, der trotz großartiger innerer Werte einfach keinen Erfolg beim anderen Geschlecht hatte. Ich führte das unter anderem darauf zurück, dass die Frau mir ständig irgendwelche Zacken in die Mähne schnippelte und mich auch sonst verunstaltete, wo es nur ging. Und dafür, dass die Frau nicht reiten konnte, konnte ich ja schließlich auch nichts.

Ein wenig pikiert war ich aber doch. Was sollten diese Sticheleien in Richtung Figur und Muskulatur? Hatte mich Dana nicht mehr lieb? Ließ meine Ausstrahlung nach? Musste ich etwa – ich wollte gar nicht daran denken – ARBEITEN, um ihre Gunst wieder zu erringen? So richtig mit Schweiß? Faxe grinste schadenfroh.

„Das hört sich aber gar nicht gut an, Alter!"

Ich war beunruhigt und suchte den Blick der Frau.

„Ja, da kannst du ruhig gucken, Pfridolin! Es gibt auch nette, fleißige und wohlerzogene Ponies. Nicht nur so verzogene und verwöhnte Viecher wie dich!", sagte sie.

Was meinte sie denn jetzt damit? Wollte sie etwa mir die Schuld an ihren Erziehungsdefiziten geben? Da konnte ich doch nichts für, wenn sie solche Fehler machte. Also ehrlich. Ich knabberte demonstrativ an meinem Anbindestrick, um ihr zu zeigen, dass sie natürlich auch vergessen hatte, mir das beizeiten abzugewöhnen.

Faxe stand währenddessen wie ein Lämmchen und hatte seinen streberhaftesten Blick aufgesetzt. Das blieb noch nicht einmal der Frau verborgen.

„Wenigstens du bist brav, nicht wahr, Faxe?", lobte sie den Scheinheiligen, die Hand schon in der Hosentasche mit den Leckerlis. Faxe, der Heuchler, nickte sogar.

„Wie süß", Dana schmolz dahin. Melanie sagte: „Ignorier ihn bloß, wenn er unaufgefordert seine Kunststückchen zeigt. Er gibt dann gar keine Ruhe mehr und hört nicht auf zu betteln." Mein flauschiger Freund ließ den Kopf hängen.

Tja, Faxe, netter Versuch. Hat aber trotzdem nicht geklappt. Aber niedlich gucken konnte ich auch. Ich ließ den Strick los und meinen ganzen Charme spielen. Wenn ich meinen allerunschuldigsten Augenaufschlag einsetzte und Dana so signalisierte, dass sie die tollste Besitzerin ist, die ich je hatte (das stimmte sogar - an Nr. 1 konnte ich mich gar nicht mehr erinnern), sprang meistens ein Leckerli raus. Ich heftete meine Augen auf sie und legte all meine Gefühle in meinen Blick.

„Du armes, armes Pony. Keiner hat dich lieb, stimmt's?"

Ja genau, sagten meine Augen. Wo ich doch so ein toller, hübscher Kerl bin und mein Leben mit dir teile und du mein Mensch bist und überhaupt. Auch wenn ich immer so cool tat: Ich hatte Dana schon sehr, sehr lieb und es wäre ganz furchtbar, wenn sie mich nicht genauso liebhätte. Das wusste sie auch und kraulte mich an meiner Lieblingsstelle und schon war das Leben wieder schön und meine kleine Pferdewelt in bester Ordnung.

„Wenn ihr beiden Süßen dann fertig seid mit Kuscheln, können wir ja eventuell irgendwann losreiten!", meldete sich Melanie aus dem Hintergrund.

Na gut. Ich setzte eine halbwegs diensteifrige Miene auf und die Frau nahte mit dem Sattelzeug.

2. Kapitel, in dem Faxe und ich ins Gelände gehen und über die neuesten News im Stall informiert werden

„Was hältst du eigentlich von dem Neuen?", fragte die Frau, nachdem wir uns in Marsch gesetzt hatten. Nach einem Blick auf die Uhr war das Satteln und Aufsitzen dann doch relativ zügig vor sich gegangen. Dana und Melanie hatten anscheinend einen längeren Ausritt vor.

Faxe und mir das recht. Miteinander ausreiten war nicht halb so anstrengend wie Gymnastik im Viereck oder auf dem Springplatz. Dem Leistungssport hatten wir vier uns glücklicherweise gemeinschaftlich verweigert. Okay, die Gymnastikeinheiten bei Kiki waren zwar auch anstrengend, hörten aber auf, sobald wir richtig gut waren. Deshalb gaben wir uns natürlich auch Mühe. Nicht immer, aber doch häufiger. Es war ja nicht so, dass unsere Reiterinnen gottbegnadete Naturtalente waren. Nee nee, wir hatten es mit bürogeschädigten Steiff-Tieren zu tun, die ihren Körper meist nur ansatzweise unter Kontrolle hatten. Und was Sitzfehler und unkoordinierte Einwirkung betraf, war die Frau unerreicht. Sie hatte es in kurzer Zeit geschafft, sich alle gängigen Sitzfehler anzueignen und kreativ zu kombinieren.

Natürlich wollte sie das nicht einsehen, sondern reagierte auf Kritik immer ein wenig undankbar. Manchmal traute sie sich sogar, mit Kiki zu diskutieren. Ich finde das mutig. Weiß doch jeder, dass der Reitlehrer am längeren Hebel sitzt. Die Frau war nach solchen Gesprächen auch immer relativ kleinlaut und musste zugeben, dass es möglicherweise doch ihre Schuld war, wenn etwas nicht geklappt hatte – sei es, weil sie mich im allerfalschesten Moment gestört hatte, widersprüchliche

Hilfen gegeben oder einfach nur wie ein sehr, sehr betrunkener Mehlsack auf mir herumgeschwankt war. Kiki war auf jeden Fall auf meiner Seite und es war toll, dass sie mich und sogar auch Faxe für den allerkleinsten positiven Ansatz belohnte. Toll war auch, dass sie unsere Besitzerinnen anmeckerte, wenn sie uns dabei störten. Schlecht war nur, dass sie uns auch immer durchschaute, wenn wir nur so taten, als ob. Das ist doch eigentlich diskriminierend, oder? Die Frau tut ja auch nur so, als ob sie reiten würde, und das permanent.

Mittlerweile waren wir im Schritt am Feldrand angekommen. Ich war immer noch glücklich, dass die Frau mich doch ganz doll liebhatte, so wie ich war, und hatte mich absolut vorbildlich benommen. Außerdem war ich neugierig.

„Welcher Neue?"

„Na, der Neue halt. Der gestern hierhin gekommen ist. Der Westernreiter mit der Fuchsstute."

„Ach, der steht jetzt hier? Ich hatte nur mitbekommen, dass eine neue Stute angekommen ist. Dunkelbraun und riesengroß, eine richtige Wuchtbrumme."

„Ja, schlank ist die nicht. War wohl im Sport und hat seitdem etwas Speck angesetzt. Wer dazu gehört, weiß ich nicht."

„Das weiß ich aber - er heißt Björn und hat die Stute für seine Tochter gekauft. Die studiert jetzt und hat anscheinend keine Zeit mehr für das Tier. Also reitet Papa mit ihr spazieren. Das sagt jedenfalls die Gerüchteküche. Gesehen hab ich ihn noch nicht. Und zu der anderen neuen Stute gehört dieser Westernreiter? Der, der letztens zum Training beim Cowgirl hier war?"

„Ja genau."

Das Cowgirl hieß Marianne, genannt Mary, und war schon lange kein Girl mehr. Dafür aber sehr nett, laut und mit einer dreckigen Lache gesegnet, die ihresgleichen suchte. Und ganz davon abgesehen, eine gefragte Westerntrainerin.

„Geritten ist er ja nett. Aber sonst…."

„Direkt hässlich fand ich ihn nicht", bemerkte Melanie.

„Aber die Zähne kriegt er nicht auseinander", urteilte Dana. „Wenigstens die Tageszeit sollte er einem schon sagen können."

„Vielleicht ist er schüchtern. Ich find ihn auf jeden Fall gar nicht so verkehrt."

„Ha ha, der und schüchtern. Arrogant schon eher. Hast du die Chaps gesehen, die er anhatte? Mit Fransen! Also ehrlich! Wer sowas anzieht, ist doch mega von sich überzeugt. Einfach nur peinlich."

„Vielleicht ist er nett und hat die Dinger mal geschenkt bekommen."

Melanie hatte einen seltsamen Gesichtsausdruck, den ich nicht so recht einschätzen konnte. Faxe schon eher: „Hilfe, sie ist verliebt", flüsterte er mir zu. „Dann muss ich wieder abnehmen."

„Wieso denn das?", flüsterte ich zurück.

„Sie macht dann Diät und ich muss auch schlank sein. Ich kenn das schon."

„Schöne Scheiße. Hoffentlich ist das schnell vorbei!"

Das meinte ich wirklich ernst. Faxe war mein allerbester Kumpel. Dem sollte es immer gut gehen. Außerdem wollte er mich immer zwicken, wenn er Hunger und deshalb schlechte Laune hatte. Das konnte ich natürlich nicht auf mir sitzen lassen und wer bekam dann den ganzen Ärger? Ich natürlich. „Böser Pfridolin, sei nicht so garstig zu dem armen Faxe" und so weiter.

Ich tröstete ihn und mich mit dem Hinweis, dass es Weidesaison war, so dass es nicht allzu hart für ihn werden würde. Außerdem wollte er sich von Blacky hinsichtlich seiner Ausbruchstechnik beraten lassen, so dass er nicht auf das ihm zugewiesene Stückchen Koppel angewiesen wäre.

„Oooooh Gras!", meinte Faxe. Dana und Melanie waren aber wirklich ganz schön unkonzentriert gewesen. Faxe rupfte im Gehen an den Grasbüscheln herum und meinte mit vollem Mund, man wisse ja nie, wann es das nächste Mal etwas zu essen gäbe. Vor allem jetzt, wo Melanie so komisch drauf wäre, ergänzte er trübsinnig. Ich steckte noch voller guter Vorsätze und rupfte deshalb nur sehr dezent die Halme ab, die mir quasi direkt ins Maul wuchsen.

„Hey Jungs, nicht immer essen, wenn wir quatschen", mahnte Melanie.

Faxes Blick sagte: „Siehst du, es geht schon los."

„Wie wär's mit einem kleinen Trab?" fragte Dana.

Der Vorschlag wurde einstimmig angenommen und als der Boden weich und der Weg breit genug war, kam auch noch ein mittelgroßer Galopp dazu. Heute war die Frau aber wirklich mutig! Diese Beruhigungskräuter aus der Futterkammer scheinens echt zu bringen. Oder es lag an Faxe und Melanie, die gewohnheitsmäßig so dermaßen tiefenentspannt sind, dass das auf sie abfärbt.

Also ging es im Galopp weiter. Das war toll! Ich machte kleine, weiche Freudenhüpfer, damit die Frau merkte, dass ich sehr glücklich war, ihr das zeigen wollte und nicht wollte, dass sie dabei in Sitznot gerät. Sie lachte und streichelte meinen Hals. Komisch, nicht? Manche Reiter hauen ihren Pferden mit der Hand auf den Hals, wenn sie sie loben wollen. Als ob wir den Unterschied zwischen Streicheln und Hauen nicht kennen würden.

Da war der weiche Weg auch schon zu Ende und wir parierten durch zum Schritt. Weiter ging es über grüne Hügel und blühende Büsche. Die Sonne sank und die Luft war so schön, dass man sich darin hätte wälzen mögen. Glücklich und entspannt bummelten wir durch Felder und Wiesen und waren auch schon fast zuhause, als Faxe mich fragte: „Hörst du das auch?"

„Was?"

„Na, den ganzen Krach. Hör doch mal. Am Stall ist irgendwas los. Viele aufgeregte Menschen, die laut miteinander sprechen."

„Jetzt, wo du es sagst. Bin doch tatsächlich vor lauter Entspannung ein bisschen weggedöst. Wann Melanie und Dana es wohl merken?"

„Sollen wir es ihnen sagen?", schlug Faxe, für seine Verhältnisse ungewohnt dynamisch, vor und deutete ein unternehmungslustiges Tänzeln mit Tendenz zum Wegspringen an. Für das menschliche Auge war das wahrscheinlich nicht wahrnehmbar, weil er sich aus Prinzip selten schneller als ein Sack Möhren bewegte, aber ich wusste, was er meinte.

„Nö, ich tu jetzt so, als wäre ich ein braves Pferd. Dann gibt es hinterher mehr Leckerlis."

Die Frau ist nämlich leicht zu beeinflussen und meistens Wachs in meinen Händen. Äh Hufen.

Wir bogen in den kleinen Weg ein, der an unseren Weiden vorbei hinter der Reithalle zum Stall führte. Und da sah man es auch schon. Der Bereich um den Misthaufen war abgesperrt und voller Menschen. Ich hätte nicht gedacht, dass unser guter alter Misthaufen einmal so im Mittelpunkt der Aufmerksamkeit stehen würde. Ein Streifenwagen versperrte uns den Weg.

„Was ist denn da los?" fragten Dana und Melanie wie aus einem Mund.

„Sie können hier nicht durch", sagte ein Polizist, der uns zu Fuß entgegenkam.

„Müssen wir aber. Unsere Pferde stehen hier. Was ist hier überhaupt los?", fragte die Frau.

„Wir ermitteln in einem Mordfall. Und was Sie müssen oder nicht, sage ich Ihnen schon."

Was für ein unsympathischer Kerl. Klein, garstig und mit zu hohem Blutdruck. Er wechselte gerade die Gesichtsfarbe von hellrot zu tiefdunkelrot.

„Guten Tag erst mal. Wir müssten aber bitte wirklich hier durch. Die Pferde wohnen hier. Wenn Sie uns nicht glauben, können Sie jeden fragen, der da vorn steht", versuchte es Melanie.

Ein zweiter Polizist kam dazu. Er sah ganz freundlich aus und machte einen vernünftigen Eindruck.

„Guten Tag!", lächelte er Melanie und Dana an. „Ich sehe schon, sie müssen hier durch. Die Pferde wollen nach Hause, das sieht sogar ein Blinder" – kleiner Seitenhieb zu dem Giftzwerg, der böse guckte, sich aber nicht zu widersprechen traute. Das lag wahrscheinlich daran, dass der nette Polizist ranghöher als der Giftzwerg war. Wie bei uns in der Wallachherde halt. Wir Pferde kennen uns mit sowas aus.

„Gehen Sie bitte in einem ganz großen Bogen um die Absperrung herum. Wir werden Sie später auch noch befragen."

Faxe und ich wurden langsam zappelig und waren froh, als es endlich weiterging. Soviel Aufregung ist gar nicht gut für unsereinen. Außerdem hatten wir mächtig Hunger. Unsere Reiterinnen ritten wie befohlen in einem großen Bogen um die Absperrung herum, was wir recht zügig hinter uns brachten. Quasi im starken Schritt steuerten wir auf unsere Stallgasse zu. Erst mal was essen, der Rest würde sich dann finden, da waren Faxe und ich uns einig. Dann würden wir herausfinden, weshalb die Menschen so aufgeregt waren.

Dana und Melanie waren anscheinend neugieriger als wir. Vielleicht hatten sie aber auch nur mehr Hunger. Bei Menschen weiß man das nie. So schwer wie sich die Frau in letzter Zeit anfühlt, hat sie bestimmt immer doppelt Heu gegessen. Sie sollte es mal mit einem Heunetz versuchen. Dann wüsste sie, wieviel Spaß es macht, mit seinem Essen zu kämpfen. Heunetze wehren sich nämlich. So schnell wie heute hatten uns die beiden nämlich noch nie abgesattelt und gefüttert. Formalitäten wie Beine abspritzen und Box ausmisten fiel anscheinend auch aus. Wenigstens die Hufe haben sie kontrolliert, ob da auch keine Steine drinhingen. Und dann waren sie weg. In die Futterkammer? Zum Misthaufen? Wer weiß das schon.

„Weißt du, Pfridolin", mümmelte Faxe über ein paar Halme Heu hinweg, „ein Gutes hat das Ganze ja: Hier ist wenigstens Ruhe."

Wahre Worte. Faxe hat bisweilen eine philosophische Ader und eine große innere Ruhe. Ich habe allerdings auch schon mitbekommen, dass andere das für raffiniert getarnte Faulheit halten. Ich ging hinaus auf meinen Paddock, um über den Nachmittag nachzudenken. Mein anderer Boxennachbar, Companero, der Spanier, stand auch draußen und guckte sich die Landschaft an.

Währenddessen war Dana, Melanie im Schlepptau, zum Misthaufen gelaufen.

„Hallo Marie, was ist denn bloß los? Wer ist tot?"

Marie stand am weitesten vom Misthaufen entfernt, hatte somit die schlechteste Sicht, war aber gleichzeitig am leichtesten zu erreichen.

„Ich glaube, es ist Ralph. Plötzlich war die Polizei da und ein Krankenwagen auch. Wir durften hier nicht mehr entlang gehen und uns hat keiner was gesagt. Ich habe gehört, im Misthaufen wäre eine Leiche gewesen, angeblich Ralph, und Kiki hätte ihn gefunden. Sie ist im

Haus und der Notarzt ist mit reingegangen. Vielleicht gibt er ihr ein Beruhigungsmittel."

Marie, Companeros und Blackys Besitzerin, war sehr nett und eine gute Freundin von Dana und mir.

„Ich kann's noch gar nicht richtig glauben. Das kommt mir alles so unwirklich vor! Und Blacky ist auch verschwunden und ich kann ihn einfach nicht finden!"

„Nee, ne?" sagte Dana und als nächstes „Na, na." Und dann nochmal: „Na, na, er wird schon wieder auftauchen. Er haut doch dauernd ab und ist abends wieder da, der Blacky."

Marie schniefte: „Schon gut, das sind nur die Nerven."

Dana hatte mittlerweile auch realisiert, was los war und war entsprechend angeschlagen, obwohl sie das natürlich niemals zugegeben hätte. Sie konnte es nicht glauben, dass jemand – wahrscheinlich Ralph – hier im Reitstall, in ihrer kleinen heilen Welt, ermordet wurde.

„Können wir vielleicht nochmal von vorn anfangen? Ralph wurde ermordet? Er ist richtig tot? Von einem richtigen Mörder ermordet? Hier, in unserem Stall?"

Marie kam nicht dazu, zu antworten, denn Melanie echote: „Ralp ist tot? Ich mochte ihn ja wirklich nicht, aber das ist jetzt doch ein Schock. Hatte er eigentlich Familie?"

Das war eine gute Frage, die die drei zumindest zeitweise auf andere Gedanken brachte, aber beantworten konnten sie sie nicht.

„Weiß man, wie es passiert ist? Ermordet. Ermordet!! Du meine Güte, das muss man sich mal vorstellen! Hier gibt's einen Mörder!" Dana war fassungslos. Sie las einfach zu viele Krimis und konnte sich spontan mindestens 25 Möglichkeiten vorstellen, wie Ralph zu Tode gekommen sein könnte.

Melanie kommentierte trocken „Da soll noch mal einer sagen, das Leben wäre kein Ponyhof. Wir haben jetzt auch mal Kontakt zur realen Welt. Am besten warten wir erst mal ab, bis uns die Polizei sagt, was los ist. Dann kannst du dich immer noch aufregen!" und knuffte Dana spielerisch in die Seite. Das war taktisch ungeschickt, denn die lief allmählich zur Höchstform auf.

„Ja aber. Das kann doch nicht wahr sein! Jemand, den wir kennen, ist tot! Und es war Mord! Und wir stehen hier nur dumm rum! Wir müssen doch was tun können außer Warten und seinen Namen falsch aussprechen!"

„Sieht nicht so aus", bemerkte Melanie nüchtern. „Ich habe ihn immer Ralp genannt und werde das jetzt nicht ändern, bloß, weil er tot ist."

„Wie furchtbar! Hier läuft ein Mörder frei rum! Wer weiß, was noch alles passiert! Habt ihr denn gar keine Angst?" regte sich Dana weiter auf.

„Nö. Weil: dafür ist die Polizei da. Die wird schon wissen, was sie tut. Und mal ganz ehrlich: Ich glaube, niemand wird Ralp eine Träne hinterherweinen. Wenn er es tatsächlich ist."

„Ja schon", lenkte Dana ein und Marie ergänzte: „Vielleicht war es ja auch ein Unfall."

„Ausgeschlossen! Der fiese kleine Polizist von vorhin hat ja ausdrücklich von einem Mord gesprochen. Das hast du doch auch gehört, Melanie!"

„Jetzt beruhigt euch doch mal, Mädels! Keiner weiß was Genaues, also muss sich auch niemand aufregen."

Der Neue war plötzlich aufgetaucht und stand genau hinter Dana, so dass sie sich umdrehen musste, um ihn böse anzufunkeln.

„Ah ja. Aber du weißt hier Bescheid, oder wie? Und wo wir grade beim Thema sind: Könntest du uns eventuell mal die Tageszeit sagen und uns erklären, wieso du hier mit einem Mal der coole Frauenversteher bist?", fauchte Dana.

Um nach einer kurzen Pause hinzuzufügen: „Und außerdem WILL ich mich aufregen!"

„Ich finde, er hat Recht. Wir können wirklich nichts tun außer abzuwarten und ruhig zu bleiben", sagte Melanie sehr vernünftig und ergriff als praktisch denkender Mensch die günstige Gelegenheit beim Schopf: „Wie heißt du eigentlich? Ich bin Melanie, und das hier sind Marie und Dana."

„Felix", sagte der selbsternannte Frauenversteher.

„Du stehst mit deinem Pferd jetzt hier, nicht? Was ist es für eins? Und du reitest Western, oder?" Melanie rückte unauffällig näher an Felix heran.

„Ja, ich glaube, das sieht man schon an den Klamotten", grinste der.

Aufreizend selbstgefällig, lautete Danas Urteil im Stillen. Weshalb benimmt sich Melanie bloß so lächerlich? Frauen – also wirklich. Geht's noch?

„Manchmal bin ich eben ein Blitzmerker!", machte sich Melanie vollends zum Affen. *Diese Hormone sind wirklich ein Teufelszeug. Mir würde sowas nie passieren*, dachte Dana. „In welcher Box steht dein Pferd?"

„Im Zehnerstall, in der letzten Box. Quarterstute. Fuchs.", gab Felix Melanie die gewünschten Auskünfte.

„Boah Leute, ich platze gleich. Da oben im Misthaufen liegt eine Leiche. Ein echter toter Mensch, der umgebracht wurde. Von einem Mörder, der hier frei rumläuft. Und ihr macht hier Smalltalk?" Dana musste sich einfach Luft machen.

„Ja, das tun wir", entgegnete Felix. „Und weißt du auch warum? Weil es nichts ändert, wenn wir uns aufregen. Die Leiche ist so oder so tot."

„Du hast gut reden. Bist grade erst hier angekommen und kennst hier noch keinen. Wir sind alle schon seit Jahren hier und Ralph hat irgendwie auch dazugehört."

Aber nur sehr irgendwie, fügte sie im Stillen hinzu. Immerhin war es Ralp, den zu Recht keiner leiden konnte, fügte sie im Stillen hinzu. Weil er so ein Kotzbrocken war.

„Ralph heißt er? Also die Leiche?", fragte Felix.

„Schön, dass du dich auch für das interessierst, was hier vorgeht", entgegnete Dana spitz. „Ja, Ralph heißt er. Ralph Reißmann. Auch wenn Melanie immer Ralp sagt. Wir glauben jedenfalls, dass er das ist."

„Ralph Reißmann? Der Name kommt mir bekannt vor."

Täuschte sich Dana oder war der Frauenversteher beziehungsweise Felix, wie sie sich widerwillig korrigierte, zusammengezuckt und hatte sofort versucht, das zu verbergen?

„Woher glaubst du denn, ihn zu kennen?", hakte sie sofort nach. „Englischreiten und Springreiten sind ja als Westernreiter wahrscheinlich nicht so deins. Und die Profi-Szene erst recht nicht. Oder doch?"

„Ich weiß es nicht. Bin halt nur ein Cowboy mit einem schlechten Gedächtnis", erwiderte Felix mit einem Lächeln, das vermutlich entwaffnend wirken sollte. Tja, Pech gehabt. Bei Dana biss er auf Granit.

„Präsenile Demenz?", lächelte sie süß. „Das tut mir aber leid." Und wich geschickt Melanie aus, die ihr unauffällig vors Schienbein treten wollte.

Marie, immer hilfsbereit, erklärte: „Ralph ist – war – ich glaube, ich hab das noch nicht so ganz verarbeitet. Er war Springreiter und hat – hatte hier vier Pferde. Was passiert eigentlich mit denen?"

„Vielleicht hat der Herr Frauenversteher hierzu auch eine Theorie?", erkundigte sich Dana.

„Der Herr Frauenversteher denkt, dass sich das alles finden wird und dass sich die schöne Frau Mörderfängerin erst mal abregen sollte", grinste Felix.

Der Kerl war unglaublich! Dana schnaufte.

„Die Frau Pferdebesitzerin geht jetzt zu ihrem Pferd und räumt seine Sachen weg. Vielleicht möchte die schöne Frau Mörderfängerin das auch mit ihren Pferdesachen tun?", schlug Melanie vor, um die Streithähne zu trennen. Und um sie zu ärgern und gleichzeitig beim Frauenversteher zu punkten, argwöhnte Dana, der sein unverschämtes Selbstbewusstsein gehörig auf die Nerven ging. Dass Melanie sich aber auch sofort mit diesem Typen anfreunden musste! Marie fing auch schon an zu grinsen.

„Die schöne Frau Mörderfängerin findet euch beide ganz schön albern", sagte sie so cool wie möglich. „Ich geh aber trotzdem zu meinem Pferd. Das benimmt sich wenigstens, jawohl".

Schallendes Gelächter war die Antwort. Dummerweise hatte so gut wie jeder schon einmal mitbekommen, wie ich mich danebenbenommen und Dana blamiert hatte. Tja, so ist das mit uns Pferden. Wir kommen meist auf unsere Besitzer, und die Frau war zu gleichen Teilen albern und vernünftig, wobei das auch schon mal innerhalb von Sekunden umschlagen konnte. Noch Fragen?

Dana wandte sich zum Gehen um, als der sympathische Polizist dazukam und sie anlächelte: „Hier wegzugehen ist im Prinzip eine gute Idee. Ich würde Sie nämlich alle bitten, sich jetzt von hier zu entfernen, damit der Leichenwagen durchfahren kann. Zuallererst müsste ich aber Ihre Personalien aufnehmen, damit ich Sie zur Vernehmung einladen und ihre Aussage aufnehmen kann. Kann man sich hier irgendwo hinsetzen?"

3. Kapitel, in dem Menschen Personalien angeben und auf Pferde-Ebene tiefschürfende Erkenntnisse gewonnen werden

So kam es, dass sich alle im Gänsemarsch in Richtung Reiterstübchen in Bewegung setzten, so dass weder die Spurensicherung wegfahren noch der Leichenwagen zum Misthaufen fahren konnte, weil der nette Polizist (*Er kann sogar in ganzen Sätzen sprechen*, dachte Dana anerkennend) seine menschlichen Schäflein auf der einzigen Zufahrt mit sich lockte und so alles blockierte. Keines der Autos konnte mehr vor oder zurück, was die logische Folge hatte, dass die Fahrer zunächst hupten und dann ausstiegen, um sich besser anmaulen zu können. Keiner wollte auch nur einen Zentimeter zurücksetzen. Der Fahrer des Leichenwagens berief sich auf Nackenschmerzen und vertraute im Übrigen darauf, dass er sich eh Zeit lassen könne, der Fahrer des Spurensicherungsbusses darauf, dass er im Recht wäre und die besseren Lungen hätte.

Die folgende, lautstark geführte Diskussion hatte den Vorteil, dass alle einen langen, ungehinderten Blick auf den abgesperrten Misthaufen und die zugedeckte Leiche werfen konnten, die nun neben dem Misthaufen lag. Ein plötzlicher Windstoß hob die Plane an, aber niemand war so neugierig und riskierte einen Blick darunter. Fast niemand, korrigierte sich Dana, die ein wachsames Auge auf den Frauenversteher hielt. Der Herr Cowboy war doch tatsächlich so abgebrüht, dass er sich den leblosen Körper ansah, als sich die Plane hob. Sein Gesichtsausdruck war seltsam und schwer zu deuten. Sie wandte den Blick ab, damit der unsympathische Kerl nicht merkte, dass sie ihn beobachtete. Erst dieses auffällige Desinteresse, dann dieses sensationslüsterne Gaffen. Und außerdem strunzdumm. Was fand Melanie bloß an dem Kerl?

Strunzdumm war ein gutes Stichwort. Der unsympathische Polizist, der Melanie und Dana vorhin mit den Pferden nicht hatte durchlassen wollen, stellte sich als Polizeiobermeister Wollmeier vor („Wachtmeister Dimpfelmoser", kicherte Melanie) und machte es sich am großen Tisch im Reiterstübchen gemütlich. Alle Anwesenden wurden der Reihe nach zu ihm zitiert und gaben Namen, Telefonnummer und Adresse an. In einer zeitraubenden Prozedur wurde jeder danach befragt, wo er sich tagsüber aufgehalten hatte und was genau er im Stall getan hatte. Die Antworten wurden von Polizeiobermeister Wollmeier mühsam in sein Notizbuch übertragen, wobei er nach jedem Wort seinen Bleistift ableckte. Da praktisch keiner einen Ausweis dabeihatte, musste jeder einen Bürgen benennen, der bestätigen konnte, dass man sich nicht plötzlich eine neue Identität zugelegt hatte. Das zog die Prozedur unglaublich in die Länge, und die ersten begannen zu murren.

Dana, die nicht die Allergeduldigste war, hatte besonders schwer mit sich zu kämpfen, weil es a) nicht vorwärts ging und sie b) nun aber wirklich zu ihrem Pferd wollte und c) langsam Hunger bekam. Glücklicherweise war der nette Polizist, der sich als Kommissar Fritz vorgestellt hatte, tatsächlich nicht auf den Kopf gefallen und hatte gerade eben eine zweite Schlange eingerichtet.

„Für die besonders Ungeduldigen", sagte er und sah dabei Dana an.

„Wie im Supermarkt", flüsterte Melanie.

„Was soll denn das heißen, besonders ungeduldig? Spaßvogel", flüsterte Dana zurück. „Aber er sieht wirklich nett aus, findest du nicht? Ach nee, du stehst ja auf Cowboys."

Endlich war Dana an der Reihe und beantwortete die Fragen, die ihr gestellt wurden. Name, Geburtsdatum, Adresse, Telefonnummer. Der Herr Kommissar lächelte und schrieb. Was sie tagsüber getan hätte, wann sie in den Stall gekommen wäre, was genau sie im Stall getan hätte und wann der Ausritt begonnen hätte. Der nette Herr Kommissar lächelte und schrieb weiter. Wohin sie geritten wäre. Ob jemand ein Motiv hätte, Ralph Reißmann etwas anzutun. Dana hatte alle Fragen problemlos beantworten können, aber bei dieser tat sie sich schwer. Ralph Reißmann war zu Lebzeiten ein widerliches Stinktier gewesen, wobei das eigentlich eine Beleidigung für jeden Angehörigen der Gattung Stinkdachs war. Dana tat in Gedanken Abbitte. Und praktisch jeder, der Ralph irgendwann einmal gekannt hatte, verabscheute ihn, aber ob das ausreichte, um einen Mord zu begehen? Dieser nervige Frauenversteher schien auch nicht ganz astrein zu sein. Sie fand ihn undurchsichtig und traute ihm nicht über den Weg. Und sein komischer Gesichtsausdruck, als er den Toten unter der flatternden Plane angesehen hatte…

„Das ist eine schwierige Frage, Herr Fritz. Ralph war der wahrscheinlich unbeliebteste Mensch Deutschlands, aber ob das ausreicht, um jemanden umzubringen? Ich weiß ja nicht. Dann wären wir alle verdächtig."

Der nette Herr Kommissar kam aus dem Lächeln gar nicht mehr heraus. Blaue Augen hatte er. Und lange Wimpern. Und eine unglaublich sympathische Art.

„Herr Reißmann scheint ja ein ausgesprochen netter Mensch gewesen zu sein. Würden Sie mir mehr über ihn erzählen?"

„Na ja - mir schuldet er zum Beispiel noch Geld und ich glaube, das gilt hier für die meisten. Er war immer pleite und hat die Leute angeschnorrt. Weil er seine Schulden nie zurückgezahlt hat, haben ihm die meisten kein zweites Mal etwas gegeben, auch wenn er behauptete, er bräuchte Geld für den Tierarzt oder den Hufschmied. Dazu kam das noch das ein oder andere, zum Beispiel, dass er seine Tiere schlecht behandelte und ein Choleriker war."

„Interessant...", Kommissar Fritz kam mit seinen Notizen nicht mehr nach.

Was für eine Sauklaue, dachte Dana, *das kann der doch nie wieder entziffern.*

„Ich frage mich, ob ich das wohl jemals wieder entziffern kann", meinte der Kommissar betrübt. Dana verrenkte den Hals, um besser in sein Notizbuch gucken zu können.

„Das da heißt Schulden, glaube ich. Und das vielleicht Tierarzt. Und das Hufschmied. Das schreibt man übrigens mit d hinten."

„Ja, äh, Frau Dirksen", Kommissar Fritz war peinlich berührt, „vielen Dank für Ihre Hilfe. Wir wären dann für heute fertig. Sie bekommen auf jeden Fall noch von uns Post und werden zur Zeugenvernehmung eingeladen. Haben Sie zufällig ein Ausweisdokument dabei?"

Hatte Dana natürlich nicht. Da Melanie aber überzeugend bestätigte, dass Dana Dana war, war sie endlich entlassen und konnte zu Pfridolin. Melanie hatte nämlich wider Erwarten nicht nur ihren Autoschlüssel, sondern auch den Führerschein einstecken und brauchte keinen Beistand. Dana flitzte zum Stall.

„Komische Aufregung hier", meinte ich zu Companero, nachdem wir beide eine Weile schweigend nebeneinander gestanden hatten.

„Hombre, iße weiß auch nißte, waße daße ßoll. Policia und ganß viel Frrremde hierrr. Und mein kleinerrr Ponykumpel ißte weggelaufen."

„Der kommt schon wieder. Blacky haut doch ständig ab und steht spätestens bei Einbruch der Dunkelheit wieder in der Box, wenn es ihm draußen zu langweilig wird."

„Ssstimmt. Derrr Glückliche kann einfach unterrrr dem Tßaun durrrrrch und gehen, wohin errrr will." Companero seufzte kurz. „Haßte du eigentlich schon die ßwei neuen Ssstuten geßehen? Bei denen würrrrde ich gerrrn mal auf derrr Weide ßein! Muy sexy, die Chica von dem komischen Cowboy! Die anderrre Chica ißt mir tßu grrroß und tßu dick. Aberrr die eine - hola die Waldfee!"

Companero sprach mit starkem spanischem Akzent, um die Mädels zu beeindrucken. Tatsächlich kam er aus Gelsenkirchen und hatte hart an seinem Feuriger-Spanier-

Image gearbeitet. Ich fand ihn und seinen bescheuerten Pseudo-Akzent total nervig und hatte Companero darüber hinaus im Verdacht, nicht der Allerhellste zu sein. Wie man sich wahrscheinlich mittlerweile denken kann, hielt er sich für unwiderstehlich, und jetzt hatte es ihm offensichtlich eines der beiden neuen Pferde im Stall angetan.

„Nö, ich hab die noch nicht gesehen. Wie schauen sie denn aus?"

„Alßo die eine ißt grrroß und dick und dunkelbrrraun. Aberrr die anderrre", er zwinkerte mir zu, „ßie ist ein Fuchß, mit ßeidig gläntßendem Fell. Und ihr Körrrperrr – fantastico!" Companero deutete ausladende Kurven an.

„Ah, sicher ein Quarter Horse. Mit einem Hintern wie JLo", konnte ich mir nicht verkneifen.

„Alßo daß kann man wirrkliß nißt vergleißen. Peppy'ß Little Love – tollerr Name, nißt wahrr? – ißt viel harrmonischerr gebaut. Und ßie hat Temperrament. Als ßie mich geßehen hat, hat ßie die Ohrren angelegt und ausgetrreten. Olé! Ein Raßßeweib!" schwärmte Companero.

„Gibt`s sonst was Neues?", fragte ich. „Nö?" Dann geh ich wieder rein, weiteressen."

Ich muss ja auf meine Figur achten. Nicht, dass ich noch aus Versehen abnehme! In der Paddockbox zu meiner Rechten stand Faxe am Heu und futterte, was das Zeug hielt.

„Guck nicht so. Pferde haben einen hohen Rauhfutterbedarf und ich will gesund bleiben", dozierte er mit vollem Mund.

„Ich weiß. Du futterst das Zeug aber nicht, weil du Hunger hast, sondern weil es schmeckt. Wie Menschen, die Chips essen."

Wir hatten mal Chips probiert, weil wir unsere Besitzerinnen dabei beobachtet hatten, wie die das Zeug in rauhen Mengen verputzten und neugierig waren, wie sowas schmeckt. Danach hatten wir uns ein weiteres Mal darüber gewundert, was Menschen so alles mögen. Verrückt.

„Umso besser, wenn es schmeckt." Faxe ließ sich nicht aus der Ruhe bringen.

Ich seufzte und fühlte mich unverstanden.

„Komischer Tag heute", bemerkte ich. „Meinst du, der ganze Trubel da oben am Misthaufen hat was damit zu tun, dass Ralph Reißhand vorhin kopfüber in der Scheiße steckte?"

„Hat er? Echt?"

„Jaha. Ich hab ihn dir gezeigt, als uns Oleg heute Mittag von der Wiese reingeholt hat, aber du hast wieder nur ans Essen gedacht."

„Hey, da war Gras! Ich bin ein Tinker - erwarte nichts Unmögliches von mir!"

„So langsam verstehe ich Melanie, wenn sie dich wieder auf Diät setzt. Du bist ja so aufs Fressen fixiert, dass du sonst nix mitkriegst."

„Das macht meinen liebenswerten und ausgeglichenen Charakter aus."

Faxe war so dermaßen unerschütterlich, dass einem manchmal der Kragen platzen konnte. Die Neugier ließ mir keine Ruhe. Ich musste irgendwie herausbekommen, was hier los war. Mit meinen Boxennachbarn war offensichtlich nix anzufangen. Was nun? Wie es der Zufall will, betrat just in diesem Augenblick Felix, der Cowboy, unseren Stall. Er sprach halblaut in sein Handy, aber dank meines hervorragenden Gehörs bekam ich natürlich jedes Wort mit. Während ich unschuldig mein Heu mümmelte, behielt ich ihn genau im Auge.

„Doch, Ralph ist tot. Die Polizei hält es für Mord. Und es ist alles weg. Komplett verschwunden!" sagte er und guckte unfreundlich. Aus dem Handy quäkte es leise: "Bist du dir ganz sicher? Das ist ja eine furchtbare Katastrophe!"

„Doch, du kannst es mir glauben. Hier gibt es nichts mehr für mich zu tun."

„Was wirst du nun machen?"

„Ich weiß es noch nicht. Ich denke, ich werde erst einmal weiterhin die Augen aufhalten. Ich melde mich dann wieder bei dir."

Aus dem Handy wurde ein Abschiedsgruß gequäkt und die Verbindung war zu Ende.

Was hatte das denn nun wieder zu bedeuten? Ralph war tot – ich hatte mir gleich gedacht, dass das nicht gesund sein konnte, so kopfüber im Mist zu stecken. Ermordet! Na, mir fehlte er jedenfalls nicht. Und seine Pferde würden sich freuen, die würden jetzt nicht mehr gequält. Und dann war irgendwas verschwunden und Felix hatte nichts mehr zu tun. Dann konnte er doch eigentlich gehen und uns in Ruhe lassen, oder? Vielleicht wäre es dann auch wieder ruhiger hier. Langsam gingen mir die ungelösten Rätsel auf den Geist.

Felix drehte sich um, um die Stallgasse zu verlassen und stieß mit Dana zusammen, die volle Kanne in ihn reinrannte.

„Du schon wieder! Suchst du dein Pferd?" Dana war nicht entzückt.

„Ja, kannst du mich bitte ans Händchen nehmen und es mir zeigen?", lächelte Felix unverschämt. „Außerdem hab ich ein Minishetty gesehen, das auf dem Weg zur Futterkammer war."

„Ach, das ist Blacky. Das hat er schon öfter gemacht. Er haut regelmäßig von der Wiese ab und steht irgendwann hoffnungsvoll vor der Futterkammer. Oleg fängt ihn dann ein und bringt ihn in seine Box. Die Futterkammer ist immer abgeschlossen, seit sich ein besonders verfressenes Pferd dort umgetan hat."

Ich sah Faxe an. Der tat, als wüsste er nicht, wer gemeint war und als ginge ihn das alles nichts an. Ich grinste. Dana nicht. „Sonst noch was?"

„Ja, ich hatte Sehnsucht nach der schönen Mörderfängerin. Nach meinem Pferd aber auch. Zeigst du mir, wo die Box ist?"

„Du bist ja schon groß, sicher findest du sie auch allein. Schau mal, wenn du hier rausguckst, siehst du da vorn den anderen Stalltrakt. Da gehst du rein und fragst dann am besten nochmal."

„Wenn da keiner zum Fragen ist, komm ich zurück zu dir, ok?"

Der Kerl war ja echt durch nix aus der Ruhe zu bringen. Dana kochte innerlich, versuchte aber, sich das nicht anmerken zu lassen.

„Nein, dann liest du die Schildchen an den Boxentüren, falls du dich an den Namen deines Pferdes erinnerst. Vielleicht erkennst du es ja auch wieder? Und jetzt hab ich aber sowas von überhaupt keine Zeit mehr, ich muss aufräumen und dann nach Hause."

„Dann geh ich jetzt in den anderen Stall und schluchze still vor mich hin."

Mein Gott, was für ein Schauspieler. Was hat sich Melanie da bloß für einen Kerl ausgeguckt? Dana konnte es nicht fassen. Faxe und ich übrigens auch nicht.

Zack, zack wurde vor der Box aufgeräumt und gefegt. Ausmisten fiel anscheinend aus. Wenigstens gab es noch einen Gute-Nacht-Keks und dann war die Frau auch schon weg. Auch bei Faxe fiel das Abendprogramm ausgesprochen kurz aus.

„Ich fühle mich vernachlässigt", klagte er. „Noch nicht mal ausgemistet hat sie. Und eine Gute-Nacht-Geschichte gab es auch nicht."

„Du kriegst sonst eine Gute-Nacht-Geschichte? Du hast es gut. Mich ranzt die Frau abends immer nur an, ich sollte gefälligst gesund bleiben. Und dann sagt sie mir gute Nacht und gibt mir ein Leckerli."

„Oooooh. Du hast heute ein Leckerli gekriegt? Nach diesem ganzen Durcheinander? Ich glaube, sie mag dich wirklich." Faxe versank erneut in trübsinnige Gedanken. „Meinst du, das bleibt so? Dass Dana und Melanie total abgelenkt sind und sich nicht vernünftig um uns kümmern?"

„Gottseidank denkt wenigstens Oleg an uns, so dass wir nicht verhungern müssen", beruhigte ich ihn. „Bei unseren Frauen wäre ich mir da nicht so sicher. Kaum ist ein neuer Gedanke in ihren Köpfen, fällt irgendwas anderes raus."

„Doof."

„Ja, doof", bestätigte ich.

Es folgte ein nachdenkliches Schweigen, unterbrochen von Kaugeräuschen.

„Das hat doch irgendwie alles mit Ralph zu tun. Und mit diesem komischen Felix." sagte Faxe irgendwann.

„Ja, den find ich auch komisch. Ich kann den gar nicht einschätzen. Was mir gut gefällt, ist, dass er sich traut, die Frau zu ärgern. Hehe."

„Hehe", machte auch Faxe. „Und jetzt?"

„Hier ist es im Moment doof", nahm ich den Faden wieder auf, „und das liegt daran, dass Ralph ermordet wurde und die Polizei hier rumermittelt und alle an was anderes denken als an uns. Die einzige Möglichkeit, hier wieder Ruhe und Frieden zu bekommen, ist, den Mörder zu finden!"

„Aha. Und wie stellst du dir das vor?"

„Das weiß ich auch noch nicht so genau", gab ich zu. „Ich schätze, wir fragen ein bisschen herum und finden heraus, wer Ralph verkehrt herum in den Mist gesteckt hat. Wenn wir das wissen, überlegen wir, wie es weitergeht." Mit diesen weisen Worten legte ich mich schlafen.

4. Kapitel, in dem zwei Detektivkarrieren beginnen

„Iff hab eim Ibee!" meldete sich Faxe am nächsten Morgen zu Wort.

„Lass hören! Und sprich nicht immer mit vollem Mund!", antwortete ich ungnädig.

„Bobemt... aah lecker. Frühstück ist toll!"

„Du hattest eine Idee", erinnerte ich ihn. „Möchtest du vielleicht darüber sprechen?"

„Ja, sofort. Ich nehme erst noch ein Häppchen zu mir."

Der Kerl machte mich noch wahnsinnig. Ich räusperte mich. „Hrrrmmmm."

„Hast du dich verschluckt?" fragte Faxe, ausnahmsweise mit leerem Mund.

„Nei-hen! Jetzt sag endlich, was du für eine tolle Idee hast!"

„Jetzt hab ich sie vergessen", sagte er. „Weil du mich aus dem Konzept gebracht hast. Es war eine gute Idee."

Ich seufzte. Warum passiert sowas immer nur mir?

„Eine wirklich gute Idee. Und du bringst mich so aus dem Konzept", klagte Faxe.

„Ja, und zwar, weil du dich auf nix anderes konzentrieren kannst als aufs Essen. Schlimm ist das. Da verlässt man sich einmal auf dich und dann so was." Ich konnte mir an dieser Stelle einen gewissen Zynismus nicht verkneifen.

„Hey, ich dachte, der coole Herr Privatdetektiv hat einen Plan und weiß, was er tut. Ich bin ja nur der doofe

Tinker von nebenan", maulte es aus der Nachbarbox, nun deutlich verstimmt, aber immerhin mit leerem Mund.

Man ist ja schon für Kleinigkeiten dankbar, dachte ich und beschloss, ihn für seine Frechheit nicht zur Ordnung zu rufen. Einerseits war und blieb er ja doch mein Freund und andererseits war ich auf seine Unterstützung angewiesen – ich hätte nämlich seit einer Sekunde doch einen Plan. Wenn ich gewusst hätte, was danach alles passiert, hätte ich es mir vielleicht noch anders überlegt. Aber so eröffnete ich ihm: "Faxe, mein Bester, ich habe einen genialen Plan. Und ohne einen so klugen Kopf wie dich wäre ich aufgeschmissen. Es geht nämlich darum, in geheimer Mission mit gutaussehenden Stuten anzubandeln. Wenn ich fertig mit Frühstücken bin, erzähle ich dir mehr."

„So wie James Bond?" Faxe schien nicht abgeneigt. Von James Bond wussten wir, weil sich Dana und Melanie gern derlei kulturellen Reizen hingaben und anschließend im Stall mit den anderen Menschen darüber sprachen. Faxe und ich konnten uns zwar nicht vorstellen, was daran so toll sein sollte, in einem dunklen Raum zu sitzen, Chips zu essen und explodierende Autos zu beobachten, aber James Bond schien cool zu sein. Ein echtes Alpha-Männchen halt.

„Ein bisschen", erwiderte ich vorsichtig. In meiner Fantasie war natürlich ich der Held und Geheimagent und Faxe nur ein – wenn auch netter – Handlanger.

„Ein bisschen James Bond ist doof. Entweder ich bin der Held oder der Mörder, darunter tu ich es nicht." Wenn er gekonnt hätte, hätte er die Arme verschränkt.

Hm. Das konnte schwierig werden. Ich probierte es mit einem neuen Ansatz: „Lass es mich anders formulieren – ohne dich klappt der Plan nicht und wir sind beide Helden. Mörder nimmt dir eh keiner ab."

Faxe senkte den Kopf: „Es liegt daran, dass ich so flauschig bin, nicht? Jeder hält mich für harmlos und niedlich."

„Du und ich wissen, dass es nicht so ist, Kommissar Flauschi."

Wenn Faxe gekonnt hätte, hätte er mich getreten. Wenn man sich richtig Mühe gab, konnte man ihn durchaus provozieren, und ich konnte es mir manchmal einfach nicht verkneifen.

„Ok, ok, ich nehme alles zurück. Du bist ein Killer. Soll ich dir jetzt meinen Plan erzählen oder nicht?"

Faxe signalisierte Zustimmung.

„Also: Wenn wir gleich auf die Wiese gehen…"

„Ja, Wiese! Gras! Toll!" unterbrach mich Fax enthusiastisch.

„Ja genau", erwiderte ich. Wenn wir also dort ankommen" – ich legte mahnend die Ohren an, um jegliche weitere Gefühlsäußerung seinerseits im Keim zu ersticken, „wirst du an einer geeigneten Stelle unter dem Zaun durchkrabbeln und die Stuten auf der Nachbarwiese ausfragen. Kannst du das?"

„Sprechen? Klar."

„Nein, unter dem Zaun durchkrabbeln. So wie Blacky das immer macht."

„Blacky ist kein Maßstab. Der ist so klein, der passt sogar durch ein Heunetz. Ich bin zwar größer, aber dafür ungleich geschmeidiger. Klar krieg ich das hin."

„Ok. Also du gehst rüber zu den Stuten und ermittelst."

„Verstehe", nickte Faxe. „Wonach soll ich sie fragen?"

„Ob ihnen gestern irgendwas Ungewöhnliches aufgefallen ist. Ob Fremde hier waren – außer der Polizei natürlich!", fügte ich hinzu, denn ich kannte die Gedankengänge meiner schlichter gestrickten Artgenossen. „Ob sie einen Streit gehört haben oder wissen, was Ralph gestern alles gemacht hat. Ihre Wiese ist näher am Misthaufen dran, vielleicht haben sie irgendwas Wichtiges mitbekommen."

„Gesehen haben sie bestimmt nichts, zwischen den Weiden und dem Misthaufen steht ja die Reithalle. Aber ansonsten gute Idee. Einverstanden!"

Später auf der Weide fragte Faxe: "Guckt grade jemand?"

„Nö. Mach schnell. Und grab nicht alle Mädels an. Wir wollen ja nicht, dass jemand vom Stall merkt, dass du ausgebüxt bist! Und wenn du fertig bist, kommst du unbemerkt zurück, okay?"

Ganz vorsichtig kroch Faxe auf dem Bauch unter der untersten Litze des Elektrozauns durch. Ich war beeindruckt. Wir hatten zwar vorher extra eine geeignete Stelle gesucht, wo die Zaunlitzen nicht ganz gerade gespannt waren und der Abstand zwischen dem Boden und der unteren Litze besonders groß war, weil Faxe doch etwas größer als ein großes Minshetty war, aber ich hätte nicht geglaubt, dass er sich so klein machen und auf dem Bauch darunter durch robben konnte. Fast hatte ich befürchtet, wir müssten Blacky um Hilfe bitten. Das Problem war nur, dass der einen sehr eigenen Kopf hatte und noch dazu in einem nahezu unverständlichen Dialekt nuschelte.

Glück gehabt – Faxe war fast drüben. Er hatte vorher schon mit den akrobatischen Fähigkeiten seiner unzähligen Vorfahren angegeben, aber nun konnte ich mich mit eigenen Augen davon überzeugen, was ein Tinker alles leisten kann, wenn er irgendwohin will. Weil da beispielsweise ein besonders saftiges Grasbüschel wächst oder weil dieser spezielle Tinker die zweite Hauptrolle beim Mörderfangen spielen will. Die erste war leider schon vergeben, und zwar an mich.

Es ging ja auch um eine wichtige Sache, nämlich um unsere Ruhe! Weder tat mir Ralph leid noch fürchtete ich mich vor einem Mörder, nein - mir ging es wirklich nur darum, dass alles wieder seinen gewohnten Gang ging, wir wieder im Mittelpunkt standen und ungeplante Aufregungen nicht stattfanden. Das hört sich jetzt total spießig an, aber hey – mein Leben ist ausgefüllt, da ist kein Platz mehr für Hektik und verspätete Mahlzeiten! Faxe erinnert mich in solchen Momenten gern daran, dass Essen der Sex des Alters ist, aber der kann mich mal. Soll sich an die eigene Nase fassen, der Pummel. Auf der anderen Seite des Zauns war Unruhe, aber ich war mir sicher, dass Faxe das wohl auch allein schaffen würde. Ich konzentrierte mich auf Wichtigeres, nämlich aufs Grasen. Genau genommen hatte ich vor, mehrere Stunden am

Stück zu essen, mich zu wälzen und vielleicht ein wenig zu sonnen – es sah so aus, als würde es ein perfekter Tag mit blauem Himmel und ein paar vereinzelten Wolken werden.

Es wollte einfach nicht Feierabend werden. Dana sah das klingelnde Telefon leidend an. Sie arbeitete in der Beschwerdestelle der Stadtverwaltung von Meisenwald, einer Kleinstadt am Rand des Bergischen Landes, und ihr Telefon klingelte in einem fort, seit Bürgermeister Klingebiel gestern angekündigt hatte, mitten im Ort ein gigantisches Einkaufszentrum errichten zu wollen, dem mehrere denkmalgeschützte Wohnhäuser sowie der Stadtpark zum Opfer fallen sollten. Meisenwald war laut Klingebiels gestriger Aussage Eckpunkt des Städtedreiecks Köln – Düsseldorf – Meisenwald und benötigte entsprechend hochkarätige Architektur. Da hatte sogar Dana gestaunt. Abgesehen von seinem profilneurotischen Bürgermeister war es aber ein ausgesprochen nettes Städtchen mit einer historischen Altstadt und romantischen alten Bäumen.

Die Gerüchteküche wusste, dass das Bauunternehmen, das angeblich mit dem Bau des Einkaufszentrums beauftragt werden sollte, dem Schwager des Bürgermeisters gehörte. Unter Umständen war an der Sache ja nix dran, man machte sich aber doch seine Gedanken. *Der Bürgermeister war wirklich schlecht beraten gewesen, diesen Plan in die Öffentlichkeit hinauszuposaunen, bevor die Planung komplett stand und alle erforderlichen politischen Beschlüsse getroffen waren,* dachte Dana, während sie versuchte, den aufgebrachten Anrufer zu beruhigen und seine Beschwerde in den PC zu tippen. *Aber andererseits ist er eh beratungsresistent und will immer mit dem Kopf durch die Wand.*

Aus dem Augenwinkel sah sie, wie sich Herbert Dinkelfuss, ihr Kollege, vorsichtig aus dem Büro stahl, Jacke und Aktentasche unter dem Arm. Bei schönem Wetter hatte er auffallend viele Außentermine. Dana hatte gesehen, wie er die von zuhause mitgebrachten Tupperdosen für seine unzähligen Leberwurstbrote in der Aktentasche verstaute – da war unmöglich noch Platz für einen Notizblock, geschweige denn eine Akte. "Schönen Feierabend, Herbert!" rief sie ihm hinterher.

„Ich mach gar nicht Feierabend. Ich muss noch dringend zur Firma Fassbender, die wollten sich über was beschweren."

"Fassbender? Die Sache von gestern ist doch längst erledigt."

„Ja nee, ist was Neues. Ich muss dann aber auch wirklich jetzt mal dringend los."

„Warte, du hast doch gar nix zum Schreiben dabei. Das geht doch nicht."

Herbert öffnete die Aktentasche. Eine Flut von Tupperdosen ergoss sich über Danas Schreibtisch. Er warf Dana einen bösen Blick zu, griff sich eilig einen sehr kleinen Notizblock und einen Kuli und stopfte alles in die Aktentasche, die damit definitiv den Rand ihres Fassungsvermögens erreichte. Nach getaner Tat verließ er betont diensteifrig und ohne ein weiteres Wort ihr gemeinsames Büro.

Der Hörer in Danas Hand quäkte. „Ja, Herr Menker, ich bin ganz Ohr. Eine Demo gegen das Einkaufszentrum?

Das können Sie natürlich machen. Müssen Sie aber vorher anmelden. Ich habe jetzt alles zu Ihrer Beschwerde notiert, Sie hören in den nächsten Tagen von uns. Wenn noch was ist: Meine Telefonnummer haben Sie ja. Ich wünsche Ihnen noch einen schönen Tag!"

Die Bürotür öffnete sich wieder. Hatte Herbert seine Thermoskanne vergessen? Nein, es war ihr Lieblingskollege Markus.

„Hat dir schon mal jemand gesagt, dass du wie ein Dackelwelpe mit Bauchschmerzen guckst?"

„Nein, du bist der erste, der mir so tolle Komplimente macht. Kannst du bitte mal mein Telefon aus dem Fenster werfen? Es klingelt dauernd, und ich muss doch noch den Bericht für den Chef fertig machen."

„Da kann ich dir leider auch nicht helfen. Aber ich hab dir Schokolade mitgebracht, die kannst du auch beim Telefonieren essen."

"Du Schuft willst mich mästen. Auch gut. Gib her!"

Da klingelte es wieder und Markus ging. Inhaltlich konnte Dana viele Beschwerden gut verstehen. Das geplante Einkaufszentrum brauchte kein Mensch, und es wäre einfach nur schade um die schönen alten Bäume und Häuser. Wer exklusiv shoppen wollte, fuhr in den größeren Nachbarort, wo es nicht nur ein Einkaufszentrum, sondern auch diverse Schickimicki-Geschäfte und edle Gastronomie gab.

Dann gab es aber noch die anderen Beschwerden. Dana sortierte sie thematisch: 35 Anrufe wegen des Einkaufszentrums, 5 wegen Hundedreck auf dem Bürgersteig, 3 wegen Lärm aus der Nachbarwohnung und einer, der sich über alles, das Wetter eingeschlossen, beschweren wollte. Dazu kam Friedhelm Brösmann, genannt der Park-Sheriff. Der wachsame Rentner hatte heute schon zehn falsch geparkte Autos gemeldet und wahrscheinlich an jedes eines seiner selbstgebastelten Knöllchen gehängt, obwohl Dana ihm das schon gefühlte tausend Mal verboten hatte.

Sie war sich ziemlich sicher, dass bei Herbert weniger Anrufe angekommen waren. Einmal hatte er allen Ernstes behauptet, eine Plastikallergie zu haben und war sechs Monate lang nicht ans Telefon gegangen. Das war in seiner Warmwasserphase gewesen. Da hatte er ausschließlich lauwarmes Wasser mit Kräutern getrunken, um negative Energien auszuleiten. Auf seine heißgeliebten Leberwurstbrote wollte er währenddessen aber nicht verzichten.

Dana hatte sich beim Chef beschwert, der ihre Schilderung von Herberts Verhalten aber so absurd fand, dass er sie nicht ernst nahm. Sechs Monate lang guckte sie sich das Spektakel an. Herbert hatte sich zunächst darauf eingelassen, wieder ans Telefon zu gehen, wenn auch nur mit Handschuhen. Dann hatte Dana ihn mit der schlichten Behauptung, er sei nun geheilt und sehe Jahre jünger aus, dazu gebracht, von Fäustlingen auf Fingerhandschuhe umzusteigen. Mittlerweile saß Herbert ohne Handschuhe im Büro, telefonierte sich aber nicht tot, sondern aß Leberwurstbrote, während er so tat, als würde er arbeiten. Schließlich – so Herbert - konnte keiner von ihm erwarten, dass er mit vollem Mund ans Telefon ging. Das wäre nämlich massiv unhöflich, vor allem für jemanden, der im

Beschwerdemanagement arbeitete. Danas Meinung nach reichte die Bezeichnung Beschwerdestelle für ihren Arbeitsplatz vollkommen aus. Management hörte sich so nach dem Schickimicki-Nachbarort an. Das war so typisch Herbert, fand sie. Wenn er ihr in seinem Lieblingsoutfit - brauner Pullunder mit Cordhose – gegenübersaß, hatte er ungefähr genau soviel Ähnlichkeit mit einem Manager wie ein Nacktmull mit einem Rasenmäher.

Dana packte die Schokolade aus. Vollmilch-Nuss. *Besser als nix*, dachte sie und biss herzhaft hinein. Das Telefon klingelte wieder. Dana sah aufs Display und nahm den Hörer ab.

„Hallo Frau Deiters, was ist es denn diesmal?"

„Hallo Frau Dirksen, das ist ja toll. Woher wissen Sie denn, dass ich das bin?", fragte die Anruferin.

„Frau Deiters, weil Sie gerade eben schon mal angerufen haben, um sich darüber zu beschweren, dass Sie von kleinen Männchen aus den Steckdosen heraus beobachtet werden. Und da hab ich ihre Nummer wiedererkannt."

„Ach so. Ganz schön schlau von Ihnen, Frau Dirksen!"

„Was ist denn los, Frau Deiters?"

„Das ist jetzt ein bisschen speziell, aber Ihnen kann ich es ja sagen. Diese kleinen Mistkerle, die bei mir in den Steckdosen sitzen, singen jetzt schmutzige Lieder! Das muss man sich mal vorstellen."

„Frau Deiters", fragte Dana vorsichtig, „wann haben Sie denn das letzte Mal Ihre Medikamente genommen?"

„Ach die. Frau Dirksen, die hat mir doch dieser schnöselige junge Vertretungsarzt verschrieben. Der mit der albernen Föhnfrisur. So einem kann man doch nicht trauen, da fehlt doch jegliche Berufserfahrung! Deshalb hab ich die Tabletten schon seit ein paar Tagen nicht mehr genommen."

„Frau Deiters, aber trotzdem ist er ein Arzt und Sie brauchen Ihre Medikamente. Versprechen Sie mir, dass Sie die jetzt wieder nehmen?"

„Aber nur, wenn Sie jemand schicken, der meine Steckdosen nachguckt!"

„Ich komme nachher bei Ihnen vorbei und Sie zeigen mir die Steckdosen. Vorher nehmen Sie aber Ihre Medikamente, versprochen?"

„Na gut, Frau Dirksen. Aber nur, weil Sie es sind!"

Gottseidank, geschafft. Jedes Mal, wenn Frau Deiters' Hausarzt in Urlaub fuhr, hörte sie auf, ihre Medikamente zu nehmen und wurde von kleinen Männchen belästigt. Dana hatte sich schon mehrfach vorgenommen, Frau Deiters einmal zu Hause zu besuchen und dort nach dem Rechten zu sehen.

Die Bürotür öffnete sich wieder. Der Chef.

„Sie denken an meinen Bericht, Frau Dirksen?"

„Ja Chef, ich gebe mir Mühe, aber ich komm hier zu nix. Das Telefon klingelt in einem fort."

„Ich brauche ihn in einer halben Stunde. Stellen Sie das Telefon doch einfach auf Herrn Dinkelfuss um, dann können Sie ungestört arbeiten."

„Herr Dinkelfuss ist nicht mehr da, Chef."

„Ach, wieder auf Außentermin? Der arbeitet sich noch tot. Was für ein Teufelskerl! Er muss wirklich mal auf seine Gesundheit achten. Na ja, Frau Dirksen, Sie kriegen das auch so hin. Ich vertraue Ihnen." Sprachs und entschwand. Dana starrte die Tür mit offenem Mund an. Sie hatte das sichere Gefühl, dass der angeforderte Bericht sehr, sehr kurz werden würde.

Huch. Da war ich wohl doch ein wenig eingenickt. Ein prüfender Blick in die Runde ergab, dass sowohl unsere wie auch die benachbarte Stutenweide komplett faxefrei war. Ich wieherte. Ein leises Wiehern knapp unterhalb meines Bauchs antwortete.

„Blacky! Wo kommst du denn her?"
Das weiße Minishetty sah zu mir auf und murmelte etwas Unverständliches, bevor es weggaloppierte und unter dem Weidezaun hindurch Richtung offenes Feld verschwand. Na toll. Ich erwarte ja nicht, dass mich jeder für mein Äußeres bewundert, aber diesen überstürzten Aufbruch fand ich übertrieben. Ich schüttelte den Kopf. Übertrieben fand ich auch, dass Faxe immer noch nicht zurück war. Zur Sicherheit schaute ich mich noch einmal prüfend um.

Dieser Blacky machte mich noch fertig. Tauchte überall dort auf, wo er nicht sein sollte und verschwand wieder. Wenn ich doch nur wüsste, was er mir sagen will. Ich rief noch einmal nach Faxe. Keine Antwort. Verdammt – wo steckte der Kerl? Was war schiefgelaufen? Ich hatte doch nicht an einen Tagesausflug gedacht!

Ich trabte zum Zaun in Richtung der Stutenweide, auf der Faxe verschwunden war. Eine vorwitzige Fuchsstute mit ausgeprägter Hinterhand, die ich noch nicht kannte, kam auf ihrer Seite des Zaunes auf mich zugeflitzt. Ich kombinierte messerscharf – das musste Companeros neuer Schwarm sein.

Wow. Er hatte nicht übertrieben – sie war absolut umwerfend. Überwältigend. Sensationell. Ich war hin und weg und wusste: Jetzt kommt's drauf an. Es ging um alles oder nichts - der erste Eindruck von mir musste sie umhauen.

"Peppy's Little Love", sagte ich wissend und extrem lässig. „Du hier?!" Auf die Schnelle war mir kein cooler zweiter Satz eingefallen. Mist.

„Wo denn sonst, Blödmann! Und wer bist du?"

„Pfridolin. Privatdetektiv. Und zwar der Beste. Ich ermittle in einem Mordfall."

Da kam leider auch schon Lisette, die Leitstute, und wollte uns trennen. Theoretisch ist es ja so, dass das ranghöchste Pferd seine Herde abschirmt, so dass Eindringlinge nicht herankommen können. Ein guter Plan, der sich allerdings nicht immer in die Tat umsetzen lässt. Zum Beispiel dann, wenn man es mit einem Pferd wie dieser ausgesprochen hübschen, willensstarken Quarter Horse-Stute zu tun hat, die sich zudem noch zu Recht für unwiderstehlich hält.   Ich war ihr sofort verfallen. Liebe auf den ersten Blick. Auf einmal war alles andere unwichtig. Ich bewunderte ihren eleganten und doch kraftvollen Körper. Wie geschmeidig ihre Bewegungen waren, wenn sie die Ohren anlegte und nach mir schnappte. Und wie graziös sie nach mir austrat! Ich hätte stundenlang dortbleiben und ihr meinen tollsten Imponiertrab zeigen können, wäre nicht Lisette dazugekommen.

„Je oller, je doller, was Pfridolin?"

„Meinst du etwa mich?"

„Wüsste nicht, wer sich sonst grade zum Affen macht. Was ist eigentlich los mit euch Wallachen?"

„Das kannst du so pauschal nicht sagen", erwiderte ich beleidigt. „Manche sind mehr Wallach und manche weniger, wenn du verstehst, was ich meine. Hehe."

„Ja nee, is' klar. Die Stute hier kannst du dir aber aus dem Kopf schlagen, die würde dich in den Wahnsinn treiben, und ich spreche da aus Erfahrung. Ich weiß jetzt schon nicht mehr, wo mir der Kopf steht, dabei ist sie erst seit heute in meiner Herde. Nur Stress mit dem jungen Gemüse. Die andere Neue ist dagegen überhaupt kein Problem." Sie sah zu einer großen dunkelbraunen Stute, die sich mit großem Appetit übers Gras hermachte. „Die will nur fressen. Ein paar Diskussionen gab's, und dann war Ruhe. Aber die hier ist anders. Erst muss sie hierhin rennen, dann dahin, dann alle anderen aufmischen und alle fünf Minuten fragt sie mich, ob ich auch wirklich die Chefin wäre. Nervig, sag ich dir!"

„Mhm. Ich denke darüber nach", log ich. „Mal was ganz anderes: Hast du eine Ahnung, wo Faxe ist? Wir ermitteln in einem Mordfall."

„Was denn für ein Mord? Meinst du diesen furchtbaren Ralph?"

„Ja genau. Wir finden den Mörder und dann ist alles wieder gut."

„Wieso wieder gut? Ich find's jetzt ehrlich gesagt auch nicht schlecht. Meiner Meinung nach hat der Mörder einen Orden verdient. Aber ihr beiden wollt euch wichtigtun, stimmt's?" Soviel Zynismus fand ich unangebracht, aber Lisette sprach schon weiter. „Faxe war vorhin hier drüben bei uns, aber dann musste ich mich wieder um die zickige kleine Prinzessin hier kümmern", – sie deutete mit dem Kopf auf meine Angebetete – „und hab ihn aus den Augen verloren. Keine Ahnung, wo er steckt. Blacky hab ich vorhin gesehen, der ist in die Richtung", sie deutete auf meine Lieblingsecke auf der Wiese.

Bis kurz vor meinem Nickerchen waren dort besonders schmackhafte Gräser gewesen. Mit Betonung auf *gewesen*. Blacky! Der kleine Schurke. Ich wollte gar nicht mehr wissen, was ihn Rätselhaftes umtrieb. Ich wollte nur eins: Peppy. Und dann Blacky zwicken, Faxe zurückhaben und den Mörder fangen, und zwar nach Möglichkeit in dieser Reihenfolge. Oh, und zusätzlich jede Menge Gras.

Hier würde ich wohl nicht weiterkommen. Bedauernd wandte ich mich ab und tröstete mich mit dem Gedanken, dass Peppy's Little Love allerspätestens morgen meinem männlichen Charme erliegen würde.

Dana war nach Feierabend noch schnell bei Frau Deiters vorbeigefahren und hatte ihr wegen ihrer Tabletten ins Gewissen geredet. Endlich war sie, um eine Flasche selbstgemachten Rhabarberschnaps („Ein Gläschen am Tag hält Leib und Seele zusammen!") und eine interessante Erfahrung reicher, wieder ins Auto gestiegen. Im Gespräch hatte sich nämlich herausgestellt, dass Frau Deiters früher als Grundschullehrerin in Meisenwald gearbeitet hatte und dort Generationen von kleinen Meisenwalderinnen und Meisenwaldern unterrichtet hatte. Was sie alles über den

Bürgermeister und die sogenannte bessere Gesellschaft von Meisenwald wusste und auch gern erzählte, war erstaunlich. Dana fühlte sich an ihre eigene Grundschulzeit in Diepenrath erinnert. Grundschullehrerinnen haben's bestimmt nicht leicht. *Obwohl wir ja fast immer brav waren. Und so motiviert! Kein Wunder bei meinem IQ,* dachte sie unbescheiden.

Frau Deiters hatte sich genau wie Frau Heinrich, ihr Gegenstück in Diepenrath, immer darum bemüht, dort, wo es nötig war, ein wenig mehr Verstand in die kleinen Köpfe hinein zu bekommen. Bei Bürgermeister Klingebiel war ihr das nicht gelungen, so Frau Deiters' freimütiges Bekenntnis. Sie rundete diese Aussage mit einer Schilderung seiner Missetaten als Schüler ab, die darin gipfelte, wie der kleine Hanspeter einmal seine Freundin Lotte mit Süßigkeiten bestochen hatte, damit sie ihm ihren Hamster zum Spielen gab. Was er nicht erwähnt hatte, war, dass der Hamster auch mit der Katze spielen musste und verlor. Als Hanspeter die kleine Leiche zurückbrachte, war er zusätzlich noch so dreist, der in Tränen aufgelösten Lotte die Süßigkeiten wieder wegzunehmen, mit der Begründung, der Hamster habe halt nicht gut genug gespielt.

„Tja, Hanspeter war schon als Kind ein gemeiner kleiner Kerl, der immer seinen Kopf durchzusetzen wusste", beendete Frau Deiters ihre Erzählung.

Dana zweifelte nicht am Wahrheitsgehalt der Geschichte. Frau Deiters machte einen vollkommen klaren Eindruck, wenn sie ihre Medikamente nahm. Die kleinen Männer in den Steckdosen waren erst aufgetaucht, nachdem Frau Deiters' Haus vor zwei Jahren abgebrannt und ihr Hund tragisch in den Flammen umgekommen war. Anscheinend war ein Kurzschluss die Ursache für den Brand gewesen. Der Schwager des Bürgermeisters hatte zuvor lange Zeit versucht, ihr das Haus abzukaufen, weil sich der Standort gut für ein Altenzentrum eignete. Die umliegenden Grundstücke hatte er sich schon unter den Nagel gerissen, aber Frau Deiters hatte widerstanden. Bis zu dem Brand. Da mochte eigentlich niemand an einen Zufall glauben, aber bei der anschließenden Untersuchung konnten keine Anhaltspunkte für Brandstiftung gefunden werden. So etwas wäre wohl an niemandem spurlos vorübergegangen. Und solange die ehemalige Grundschullehrerin genau zweimal im Jahr, wenn ihr Hausarzt in Urlaub war, kleine Männer in den Steckdosen sah und ihr Leben ansonsten gut im Griff hatte, hatte Dana keinen Grund, ihr nicht zu glauben. Frau Deiters war meist gut gelaunt, hilfsbereit und nahm regen Anteil am Leben in Meisenwald.

Die Schnapsflasche in der Handtasche klirrte leise, als ihr Auto in den holprigen Weg zum Stall einbog. Danas Gewissen regte sich. Aber es war viel einfacher und weniger zeitraubend gewesen, das Geschenk anzunehmen als sich auf eine längere Diskussion über Bestechlichkeit und Vorteilsannahme einzulassen. Außerdem fand sie Rhabarberschnaps unerhört exotisch. *Sicherlich auch total gesund, das Zeug. Direkt aus der Natur und so.* Viel mehr belastete sie, dass sie in der ganzen Aufregung gestern komplett vergessen hatte, Pfridolins Box auszumisten!

Der Parkplatz war noch relativ leer, als sie ankam. Auch Kiki war nirgends zu sehen. Schade, sie hätte gern noch mit ihr gesprochen. Wie es ihr wohl ging nach dem Leichenfund? Schließlich hatte sie mehr mit Ralph zu tun gehabt als die anderen am Stall.

Na dann… auf ans Werk. Sie schnappte sich Schubkarre und Mistgabel und machte sich als erstes über das an die Box angeschlossene Paddock her. Soviel Mist! Aber sie war es ja selbst schuld. Was war das? Sie bückte sich und hob den kleinen metallenen Fremdkörper auf. Ein Schlüssel! Sah aus wie ein kleiner Spindschlüssel. Jeder Einstaller hatte so einen für seinen Spind, in dem Sattel, Putzzeug und alles Mögliche verstaut wurde.

Eine fröhliche Stimme rief: „Hallo, Frau Dirksen! Wie schön, Sie hier zu sehen!" Der nette Polizist. Der hatte ihr grade noch gefehlt. Sie wollte jetzt einfach mal ihre Ruhe haben und allein mit sich und der Welt sein. Schnell ließ sie den Schlüssel in ihrer Hosentasche verschwinden und drehte sich in Richtung des Besuchers um.

„Hallo, Herr Kommissar! Ich hab ihr Auto gar nicht gehört."

„Ich bin auch mit dem Fahrrad da. Wegen der Natur, wissen Sie. Man kann da viel schönere Wege fahren."

„Ja, und die Pferde erschrecken", rutschte es Dana heraus. *Der Mann ist Polizist*, ermahnte sie sich. *Reiß dich bloß zusammen, sonst hast du direkt 'ne Anzeige wegen Beamtenbeleidigung am Hals.* „Damit meinte ich natürlich nicht Sie! Mir ist es halt nur schon öfter passiert, dass mir auf den Radwegen Mountainbiker entweder frontal entgegengekachelt sind oder Pfridolin fast in die Hacken gefahren wären."

„Pfridolin ist ihr Pferd, ja?" lächelte der Herr Polizist.

„Ja genau. Hören Sie, haben Sie noch Fragen an mich oder kann ich hier weitermachen?"

„Sie könnten mir ganz allgemein was über Pferde und Reitställe erzählen, das würde mir sehr bei den Ermittlungen helfen."

„Klar, kein Problem. Ich muss aber erst mal zum Misthaufen fahren, die Schubkarre leer machen. Falls der nicht noch abgesperrt ist, heißt das." Tss. Darüber hatte sie sich ja noch gar keine Gedanken gemacht.

„Nein, nein, hier kann alles seinen gewohnten Gang gehen. Alle Spuren sind gesichert."

„Und haben Sie schon eine Vermutung oder einen Verdacht?", wollte Dana wissen. Wie hieß der nette Herr Kommissar doch gleich... ah ja, Fritz. Sie stellte fest, dass sie sich in seiner Gegenwart eigentlich ziemlich wohl fühlte.

„Wir ermitteln in alle Richtungen, wie es so schön heißt," lächelte der nette Herr Fritz.

„O-kay. Wenn man sowas in der Zeitung liest, denkt man immer gleich, die Polizei hat keinen Dunst und tappt komplett im Dunkeln", grinste Dana und dachte, *Mist Mist Mist, ich und mein loses Mundwerk. Aber er trägt es mit Fassung. Macht insgesamt einen erstaunlich entspannten und sympathischen Eindruck.*

Sinn für Humor schien er auch zu haben: „Ja genau, das meinte ich. Das haben Sie gut erkannt. Können Sie mir denn vielleicht etwas Erhellendes erzählen?"

„Vielleicht. Wenn ich vom Misthaufen zurück bin und unterwegs keine Leiche finde".

„Wenn doch, schreien Sie einfach, dann komme ich und helfe Ihnen."

Dazu fiel Dana dann tatsächlich nix mehr ein und sie schob ab. Als sie wieder zurückkam, war Herr Fritz immer noch da.

„Warum misten sie eigentlich die Box selber aus?"

„Weil ich will, dass mein Pferd einen sauberen Platz zum Schlafen hat."

„Aber das macht denen doch sicher nix aus, oder? Die sind das doch so gewohnt."

„Hmm. Jetzt überlegen Sie mal ganz scharf. Pferde können in der Wüste kilometerweit Wasser wittern. Meinen Sie, die liegen gern in ihrem Mist? Oder tun sie das vielleicht nur, weil sie keine andere Möglichkeit haben?"

„Gutes Argument. Da hab ich tatsächlich schon was gelernt. Wenn das in diesem Tempo weitergeht, krieg ich bestimmt noch Kopfschmerzen. Ich bin ja Beamter, wir sind nicht so flexibel", grinste der nette Herr Fritz.

„Mit Beamten kenn ich mich aus, die tun nix!", lachte Dana. Herr Fritz lachte mit, wenn auch etwas gezwungen.

„Keine Sorge, ich weiß, wovon ich spreche. Ich arbeite in Meisenwald bei der Stadtverwaltung.", erklärte Dana. „Wie wäre es denn jetzt mit einer entspannten Praxiseinheit? Ich will sie ja nicht überfordern." In einem Anflug von Größenwahn drückte sie ihm die Mistgabel nebst Instruktionen in die Hand. Der Polizist guckte erstaunt, brachte sich dann aber tatkräftig ein. *Der Herr*

Fritz stellt sich gar nicht mal so doof an, konstatierte Dana und sah ihm wohlgefällig bei der Arbeit zu.

Ich war inzwischen an der anderen Seite der Koppel angekommen, und zwar dort, wo sie an die Weide der Schulpferde angrenzte. Kikis Schulpferde hatten es wirklich gut. Sie mussten nicht viel arbeiten, standen im Sommer tagsüber auf der Weide, im Winter auf einem großen Auslauf und wurden von früh bis spät betüddelt. Die arbeiteten so, wie andere Pferde Urlaub machen.

„Haaalllo, hier ist die arbeitende Bevölkerung. Jemand zuhause in der Wellness-Oase?" trompetete ich. Ach guck, da war doch jemand aufgewacht. Von den vier liegenden Pferden hatte sich eines erhoben und kam auf den Zaun zu. John-Boy, der Dienstälteste. Falsch, korrigierte ich mich. Der Jung-Rentner. Beziehungsweise der Johannes Heesters des Hofs.

„Hallo John-Boy, wie geht's, wie steht's?"

„Am liebsten gut", erwiderte John-Boy, der weithin für seine lebensbejahende Einstellung bekannt war.

„Und hier so? Alles gut, mit den Kollegen?"

„Früher war's auch schön. Als wir hier in der Herde noch Stuten hatten", seufzte der alte Schwerenöter.

„Apropos Stuten" setzte ich an, verstummte aber gleich. Das fehlte mir gerade noch, dass mir der alte Casanova hier meine neue Traumstute abspenstig machte.

„Jaaa, Stuten." John-Boys Augen bekamen einen eigenartigen Glanz. „Da hinten auf der Wiese steht ein Teufelsweib. Hat irgend so einen albernen englischen Namen und einen Hintern – wow! Leider komm ich nicht mehr so gut unter den Zäunen durch wie früher. Und drüberspringen ist mir ehrlich gesagt zu anstrengend. Obwohl – für dieses kleine Schnuckelchen könnte ich glatt rückfällig werden…"

„Ja, äh, was ich dich eigentlich fragen wollte", versuchte ich den für meinen Geschmack zu sehr an Stuten interessierten Opi abzulenken, „kennst du eigentlich meinen Freund Faxe?"

„Ja klar. Das ist doch der haarige kleine Kerl, der mich an meine frühere Freundin Anneliese erinnert. So ein hübscher, knackiger, runder …"

„Ja, ah, schon gut", unterbrach ihn, bevor er zu sehr in Erinnerungen schwelgen konnte. „Und weißt du vielleicht, wo er jetzt gerade ist?"

„Junge, du hast da einen fiesen kleinen Husten. Ist dir schon mal aufgefallen, dass du immer äh machst? Solltest du mal untersuchen lassen", empfahl mir mein älterer Gesprächspartner.

„Ist gut, ich geb das an meine Besitzerin weiter." Ich gab mir Mühe, weiterhin höflich zu sein. John-Boys seniles Gefasel ging mir jetzt schon auf den Geist. „Was ist denn jetzt mit Faxe? Vorhin war er noch da und jetzt ist er weg!"

„Ja, das ist mir auch schon aufgefallen. Merkwürdig, nicht wahr? Wo ist er nur?"

„Das hatte ich dich gefragt. Wohin ist er verschwunden? Hast du das vielleicht gesehen?

„Wer? Wer ist verschwunden?"

„Mein Freund Faxe! Hast du irgendeine Ahnung, wo er hin ist?"

„Du hör mal, dieser Faxe, von dem neuerdings so viel die Rede ist. Wo ist der denn hin?"

Entnervt blökte ich: „Das hatte ICH zuerst gefragt!!! Kann mir vielleicht jemand aus deiner Herde weiterhelfen?"

Es stellte sich heraus, dass das nicht der Fall war. Weder Jim-Bob noch Kleiner Onkel oder Karlchen hatten irgendwas mitgekriegt. Typisch Wellness-Oase halt. Fressen und schlafen. Faxe und ich führten wenigstens philosophische Gespräche, soweit er mir folgen konnte, aber wenn man den Herrschaften hier eine Taschenlampe ins Ohr hielt, leuchteten direkt die Augen. Deprimierend. Andererseits bedeutete das, dass ich jetzt im gestreckten Galopp zurück ans andere Ende der Weise rennen und meinem Platz am Zaun zur Mädelsweide wieder einnehmen konnte. Hehe. Nur schade, dass, kaum dass ich dort angekommen war, auch Lisette wieder erschien. Na klasse, wegen der war ich nicht so gerannt. Unauffällig versuchte ich, wieder zu Atem zu kommen. Wo war nur meine kleine Zuckerschnecke hin?

„Suchst du jemand? Außer Faxe, meine ich?"

„Och. Ich wollte mich nur mal umsehen, ob Faxe auch ganz bestimmt nicht hier ist", heuchelte ich Pflichtbewusstsein und fragte betont lässig: „Wo ist denn die neue Fuchsstute hin?"

„Arbeiten. Beziehungsweise ihren Besitzer in den Wahnsinn treiben. Obwohl sie den ja angeblich ganz toll findet. Er wäre so klug und nett und lustig. Wenn sie sich bei dem genauso benimmt wie bei mir und der Mann immer noch nett zu ihr ist, hat er auf jeden Fall Humor."

Hinter ihr wurde es unruhig. Lisette drehte sich um: „Blacky! Ich hab dir schon tausendmal gesagt, dass du meine Herde in Ruhe lassen sollst. Verschwinde endlich auf deine Koppel!" Drohend legte sie die Ohren an und trieb das Minishetty zum Zaun. Blacky ließ sich das nicht zweimal sagen und verschwand eilends über unsere Wallachkoppel in Richtung Schulpferdewiese. Er war eigentlich kein Schulpferd, aber dafür blieb er ja auch nie lange auf derselben Weide, von daher passte das schon.

Nachdenklich begann ich wieder zu grasen. Mein Mitermittler in einem Mordfall war verschwunden. Leider war es gleichzeitig auch mein bester Freund - mit anderen Worten: Ich machte mir Sorgen. Vielleicht war Faxe etwas zugestoßen? Immerhin ging es um Mord. Vielleicht hatte er schon etwas herausgefunden, was niemand wissen sollte? Aber wie sollte ein Mensch darauf kommen, dass sich hinter Faxes und meinem sympathisch - attraktiven Äußeren kriminalistisch geschulte Gehirne verbargen sowie eine Auffassungs- und Kombinationsgabe, die ihresgleichen suchte?

Immerhin hatten wir schon einmal erfolgreich ermittelt und herausgefunden, wohin mein und Danas ganz frisch gekaufter Möhrensack verschwunden war. Blacky hatte einfach zu viele Spuren hinterlassen. Aber es war unwahrscheinlich, dass der Mörder – wenn es denn ein Mann war – wusste, mit welchem Gegner er es hier zu tun hatte. Das brachte mich zu einer unangenehmen Erkenntnis: Der Mörder konnte genauso gut eine Frau sein. Vielleicht sogar Dana oder Melanie? Ausgeschlossen, die waren viel zu ungeschickt. Die konnten ja noch nicht

63

mal unfallfrei eine Tüte Pferdeleckerlis öffnen. Eigentlich war ich fast sicher, dass niemand Faxe für eine Gefahr halten würde. Außer vielleicht Grasbüschel und andere essbare Dinge.

Trotzdem war ich nicht froh. Auch, wenn Faxe heil wiederkäme – im Moment war er nicht da, und ich musste die ganze Detektivarbeit allein machen. Andererseits war das doch wirklich mal ein guter Vorwand, um Peppy (ich hatte beschlossen, sie nur noch Peppy zu nennen, weil mir der Rest zu umständlich war. Typisch männliche Eigenschaft. Ich bin fast ein Hengst, nur besser!) morgen in ein längeres Gespräch zu verwickeln und ihr dabei zu zeigen, was für ein cooler Typ und heldenhafter Geheimagent ich war. Gar nicht schlecht. Lisette hatte im Zweifel eh nicht mitgekriegt, was gestern passiert war und wer Ralph in den Misthaufen gesteckt hatte, weil sie ihre Herde scheuchen und in Ordnung halten musste. Morgen würde ich es ihnen allen zeigen, jawohl!

Genau in diesem Moment steckte Faxe seine pelzige Nase durch den Zaun und kehrte auf demselben Weg, wie er gegangen war, auf unsere Wiese zurück.

5. Kapitel, in dem ich Else kennenlerne

„Prima machen Sie das. Ich könnte Ihnen stundenlang beim Ausmisten zugucken", sagte Dana.

„Freut mich, wenn es Ihnen gefällt. Haben Sie noch andere Pferde?" schnaufte der nette Herr Fritz. „Nein, keine Sorge, nur das eine", grinste Dana. „Das war's auch schon. Vielen Dank!"

„Was machen Sie denn jetzt so?"

„Ich fange mein Pferd ein und reite ein bisschen. Gestern waren wir ausreiten, da muss Pfridolin heute zur Abwechslung mal etwas Gymnastik treiben. Wir gehen auf den Reitplatz."

„Wie viele Pferde wohnen hier eigentlich? Sind das alles Privatpferde?"

„Ich glaube, knapp vierzig. Vier davon sind Schulpferde, die anderen sind Privatpferde. Wobei die anderen Einstaller jeweils nur ein Pferd haben. Ralph mit seinen vier Pferden war eine Ausnahme. Er war Berufsreiter und hat das wahrscheinlich mit Hilfe von Sponsoren finanziert. So, wie der die Pferde behandelt hat, kann ich mir aber eigentlich nicht vorstellen, dass die jemand anders gehören. Die armen Viecher."

„Was genau ist eigentlich ein Berufsreiter?", wollte der nette Herr Fritz wissen. Dana stellte fest, dass man sich mit ihm sehr angenehm und entspannt unterhalten konnte. Es war ein bisschen so, als würden sie sich schon länger kennen.

„Ein Berufsreiter ist jemand, der damit sein Geld verdient. Die meisten bilden Pferde aus und geben Reitunterricht und gehen nebenbei ein paar Turniere. Es gibt auch welche, die nur Pferde ausbilden und solche, die nur unterrichten und natürlich die Stars, die hauptsächlich Turniere gehen. Die man halt aus dem Fernsehen kennt."

Herr Fritz fragte Dana noch dies und das und machte sich Notizen. Er duldete es sogar, dass sie mitlas und ihn gelegentlich verbesserte. Irgendwann sah Dana auf die Uhr. „Oh Mist, wir haben uns total verquatscht und ich hab die Zeit vergessen. Ich muss Pfridolin langsam mal von der Weide reinholen, sonst schaff ich heute gar nix mehr. Ich Rabenmutter", sagte sie und ging zur Weide, ihr Pferd einfangen.

Faxe und ich standen dicht beisammen. Er hatte gerade angefangen, von seinen Erlebnissen zu berichten, und ich wollte nichts verpassen. Außerdem wollte ich sichergehen, dass keiner mithörte und sich hinterher mit unseren Lorbeeren schmückt, wenn wir ihm den Mörder quasi auf dem Silbertablett präsentierten. Als er gerade noch einmal schilderte, wie unglaublich geschickt er sich unter dem Zaun durchgequetscht hatte, hörte ich eine Stimme hinter mir. Die Frau.

Die gucken aber komisch, dachte Dana. Als ob sie sich grade was erzählen wollen und ich dabei störe. Merkwürdig. Na egal, verscheuchte sie diesen Gedanken und kramte eine Begrüßungsmöhre aus der Hosentasche.

Das war jetzt schon ein bisschen ärgerlich, aber Faxe konnte mir ja später immer noch erzählen, was er herausgefunden hatte. Die Frau hatte im Moment einfach die besseren Argumente. Und ums Reiten würde ich eh nicht drum herum kommen, da war sie eisern. Jeden Tag musste ich mit ihr Gymnastik treiben oder sie schlicht durchs Gelände schleppen. Das gab Muckis und war gut für die Lunge. Gerade jetzt, wo ich Peppy beeindrucken wollte, wusste ich das ausnahmsweise zu schätzen.

„Was machen Sie denn jetzt mit Pfridolin?" fragte der nette Herr Fritz, als wir wieder im Stall waren.

„Wenn er so vollgefressen von der Weide reinkommt, mag er gar nicht arbeiten. Ich denke, ein bisschen leichte Gymnastik wird reichen."

„Schauen Sie mal, wie Pfridolin guckt. Gerade eben, als Sie ‚vollgefressen' sagten, war er richtig böse!", lachte Herr Fritz. Das hatte der Polizist gut beobachtet. Derlei Anspielungen auf meine Körpermitte wusste ich nämlich in den seltensten Fällen zu schätzen.

„Armes Pony. Jetzt kümmere ich mich aber um dich." Das wurde aber auch Zeit. Erst wird man vom Essen weggezerrt, kann sich nicht in Ruhe mit seinem Kumpel unterhalten – wo zum Teufel war der nur gewesen? – und steht dann noch nicht mal im Mittelpunkt, weil sich dieser Kerl hier wichtigmacht.

„Tschüs, Herr Fritz, war nett mit Ihnen! Und danke fürs Box ausmisten!"

„Da doch nicht für, das hat sogar Spaß gemacht. Ich bin noch ein bisschen hier, ermitteln. Wir sehen uns sicher noch!"

Aha. Deshalb war die Box so krumpelig und uneben. Hätte ich mir ja denken können. Aber nein, vertrauensvoll wie ein Lamm war ich davon ausgegangen, dass sich meine Besitzerin zur Abwechslung mal richtig und vor allem selbst um mich kümmert. Nachdem ich die letzte Nacht schon in einer ungemisteten Box verbringen musste, weil die Dame meine Bedürfnisse anscheinend vollkommen verdrängt hatte, hatte ich für heute mit einer Wiedergutmachung gerechnet. Wie man sich so täuschen kann.

Nach einer kurzen, meditativen Pause, die ich für ein Nickerchen nutzte, holte mich die Frau wieder aus der Box und begann, mich zu putzen. Das machte sie eigentlich gut, besonders an Mähnenkamm und Widerrist, wo unsereiner oft diesen lästigen Juckreiz hat, sich aber selbst nicht kratzen kann. Komischerweise putzen einen die Menschen ja nicht da, wo es juckt, sondern bearbeiten den ganzen Körper. Auch da, wo man vielleicht gar nicht geputzt werden will. An der doofen Stelle unterm Bauch beispielsweise. Das hat sicher was mit dem Reiten zu tun.

Apropos Reiten: Da kam auch schon die Frau mit dem Sattel. Die zugehörige pinke Schabracke versuchte ich zu ignorieren. Die Frau hatte seit neuestem eine Schwäche für buntes Pferdezubehör. Früher waren es noch dezente Farben wie schwarz oder braun gewesen, was auf meinem dunkelbraunen Fell ausgesprochen edel aussah, aber irgendwer hatte ihr den Floh von „Der Pfridolin kann doch alles tragen" ins Ohr gesetzt. Grundsätzlich hatte sie da auch Recht, einen schicken Kerl wie mich konnte fast nichts entstellen. Sogar die Weihnachts-Glitzer-Schabracke mit Fellpuschel-Umrandung und passendem Stirnband trug ich mit Anmut und Grazie. Aber auf eine sehr männliche Art, wie ich betonen möchte.

Achtung, jetzt – Luft anhalten, der Sattel kommt. Netterweise knallt die Frau den Sattelgurt nicht direkt an, sondern gurtet immer relativ locker und mehrfach nach, damit mein „zartes Bäuchlein" nicht eingequetscht wird. Hmpf. Zartes Bäuchlein. Wo sie diese Ausdrücke immer her hat! Faxe ist dicker als ich. Das wollte ich jetzt nur mal gesagt haben.

Mannhaft ertrug ich auch das passende Fliegenhäubchen in Pink, mit dem sie mich zur Abrundung des Ganzen bedachte. Zuletzt kam die Trense mit angenehm locker verschnalltem Reithalfter, damit ich später beim Reiten auch noch kauen konnte. Das ist wichtig für die Losgelassenheit und das Reiten allgemein. Versuch mal einer, sich sportlich - dekorativ zu bewegen, wenn er geknebelt ist und man ihm zusätzlich noch den Kopf auf die Brust zieht!

Wir machten uns auf den Weg zum Springplatz. Ich war mir noch nicht sicher, ob ich mich darüber freuen sollte. Gymnastiksprünge über ganz klitzekleine Hindernisse machten der Frau nämlich Spaß. Mir eigentlich auch, aber ich hatte immer als erster keine Lust mehr. Ist ja auch irgendwie logisch. Die Frau muss ja nicht springen, sondern ich, und das wird halt irgendwann anstrengend. Auch wenn es nur vierzig cm hoch ist.

Der unsägliche Ralph Reißmann hatte immer darüber gelästert. „Das springt ein durchschnittliches Hausschwein aus dem Stand", war sein Lieblingsspruch gewesen, wenn er sich über den mangelnden Ehrgeiz der Frau lustig gemacht hatte. Aber die hatte sich nie ins Bockshorn jagen lassen, sondern mit einem feinen Lächeln geantwortet: „Dafür hält Pfridolin länger als die ganzen Sportpferde, die vorzeitig verheizt werden." Zum Beispiel Ralphs Pferde, die ständig irgendwelche gesundheitlichen Probleme hatten.

Ehrlich gesagt hegte ich insgeheim die Vermutung, dass auch eine gewisse Faulheit an ihrer pferdefreundlichen Einstellung beteiligt war. Die Frau stellte sich nämlich immer gern als fleißige und gewissenhafte Reiterin dar, aber ich wusste es besser. Und ungeschickt war sie auch, jawohl.

Puh, Glück gehabt. Sie wollte nur im Trab Kringel um die Hindernisse herumreiten. Kleine und große. Rechtsrum, linksrum und Schlangenlinien. Das war ganz ok, weil ich das locker-flockig nebenbei erledigen und währenddessen an etwas anderes denken konnte. An die hübsche Peppy, zum Beispiel. Oder an unseren Mordfall.

Leider hatte die Frau Faxe und mich mitten in einem wichtigen Gespräch gestört, bevor Faxe dazu gekommen war, mir von seinen Ermittlungen zu berichten. Jetzt konnte ich nur spekulieren, was ihm dort draußen widerfahren war. Ups, da lag eine rot-weiße Stange im Weg. Füße heben und rechtsrum um den Oxer. Ob er vielleicht sogar einen Zeugen gefunden hatte? An Motiven herrschte ja nun weiß Gott kein Mangel. Schon wieder ein neuer Kringel, diesmal um einen Steilsprung. Und ein Handwechsel. Die Frau schien mit ihren Gedanken aber auch woanders zu sein, sie hatte nämlich das Umsitzen vergessen. Oder war das ein neuer Trick, um mich besser zu gymnastizieren? So Power-Workout-mäßig? Sie hatte manchmal so Ideen. Ich ließ mir erstmal nichts anmerken und trabte weiter, obwohl das jetzt anstrengender war. Wir würden sowieso gleich wieder um einen anderen Sprung kreiseln. „Ralphs Pferde haben es gut, die werden jetzt nicht mehr über die Sprünge geprügelt. Ob ihn wohl irgendjemand vermisst?", dachte die Frau laut. Ich glaubte das nicht und war einmal mehr froh, dass ich ihr Pferd war und nicht Ralph gehört hatte.

Huch, schon wieder ein Handwechsel. Diesmal hatte die Frau ans Umsitzen gedacht und wunderte sich, dass es trotzdem nicht passte. Ich grinste innerlich. „Wenn so ein ausgeprägtes Stinktier wie Ralph unfreiwillig aus dem Leben scheidet, ist es dann eigentlich ok, den Mörder zu verhaften? Vielleicht war er verzweifelt, weil Ralph ihm mit irgendwas die Hölle heißgemacht hat. Oder er hatte ihn finanziell ruiniert." Dana überlegte weiter. Sie führte ganz gern Selbstgespräche, und wenn ich dabei war, kam sie sich auch nicht so blöd vor wie in Gegenwart anderer Leute. Die dachten dann für gewöhnlich, dass sie einen an der Klatsche hatte, und zu was? Zu Recht. Jetzt hing sie wieder so komisch vornüber und bildete sich wahrscheinlich ein, dass sie so meinen Rücken entlastet. Tatsächlich lief ich schon die ganze Zeit vorderlastig und ihr falscher Sitz half mir nicht unbedingt dabei, ins Gleichgewicht zu kommen. Aber ein so tolles Pferd wie ich kann mit sowas umgehen.

Geistig war ich ihr sowieso überlegen, versuchte aber, mir das nicht allzu oft anmerken zu lassen. Frauen mögen es, wenn man charmant ist und sich wie ein Gentleman benimmt.

Trotzdem fand ich Dana heute ausgesprochen merkwürdig, sogar für ihre Verhältnisse. Sie war noch unkonzentrierter als sonst. Ich stellte fest, dass ich die alte Dana zurückwollte. Die, die lustig war und immer nur an mich dachte, sogar, wenn sie sich über mich ärgerte oder über mich lästerte. Ich weiß, es hört sich unglaublich an, aber das ist tatsächlich schon vorgekommen.

„Aufpassen jetzt", mahnte die Frau. Es war nicht klar, ob sie mit sich selbst sprach oder mit mir, aber ich tat ihr sicherheitshalber den Gefallen und konzentrierte mich auf meine Kringel und ihre Hilfen und siehe da – es war gar nicht so schlimm und machte sogar ein klein wenig Spaß. Endlich mal was anderes als pausenlos Übergänge und misslungene Seitwärtsbewegungen

Die Frau lobte mich doll, es hatte ihr also auch gefallen. Prima – gab's jetzt endlich Möhrchen? Nee, erstmal war Schritt am langen Zügel angesagt. Zehn Minuten später gingen wir zum Waschplatz. Es war nämlich ganz schön warm geworden und verschwitztes Fell fühlt sich total eklig an.

Ob die Frau wohl auch duschen wollte? Bisher hatte sie immer nur mich unter den Schlauch gehalten. Erstmal den Sattel runter. Das war ein guter Anfang. Und dann noch das angenehm temperierte Wasser. Es hatte sich nämlich im Schlauch aufgewärmt. So konnte man sich das gefallen lassen.

Gegen kaltes Wasser war ich nämlich allergisch. Eigentlich ja nur gegen kaltes, sauberes Wasser. Im Schlamm wälzen geht bei jeder Gelegenheit und auch bei jeder Temperatur, aber sauberes kaltes Wasser auf meinem Körper ist normalerweise einfach nur gruselig.

Als die Frau gerade dabei war, mir die Sattellage auszuwaschen, war der nette Herr Fritz schon wieder zur Stelle. „Ich hätte da noch ein, zwei Fragen an Sie, wenn Sie gleich fertig sind", strahlte er. „Kann ich Ihnen vorher noch bei irgendwas helfen?"

„Das können Sie in der Tat. Würden Sie bitte Pfridolin in seinen Stall führen? Einfach hier dran festhalten", sie drückte ihm meine Zügel in die Hand, „und ich komme mit dem Sattel hinterher."

Ich war irritiert. Sie drückte mich, ihr Herzblatt, einem wildfremden Dahergelaufenen in die Hand? Hoffentlich wusste sie, was sie da tat. Jedenfalls hatte der wildfremde Dahergelaufene eine sympathische Ausstrahlung. Ich ging also bereitwillig mit und freute mich auf die Möhren, die ich bestimmt gleich bekommen würde. Eine sehr große und sehr kräftige braune Stute kam uns entgegen. Sie wurde von Oleg geführt, der neben ihr sehr, sehr klein aussah. Wir beäugten uns neugierig. War das die andere neue Stute? Interessant. Die Wuchtbrumme musste ich mir bei Gelegenheit mal näher ansehen. Sie schien definitiv an mir interessiert zu sein.

So schnell geht das mit dem Womanizer-Dasein - erst hatte ich jahrelang überhaupt kein Glück bei den Frauen und jetzt gab es schon zwei Bewerberinnen! Und das nur, weil ich jetzt Privatdetektiv und Geheimagent bin.

Ich bin aber auch ein toller Kerl. Selbstverliebt schlenderte ich weiter.

Doch halt – was war das? Auf halbem Weg in meine Stallgasse flatterte ein Stück Plastik. Es sah gefährlich aus, wie es sich bewegte und ständig seine Form veränderte. Meine Alarmsysteme liefen Amok und das Adrenalin tobte durch meinen Körper wie Faxe durch eine gutgefüllte Futterkammer. Weiß doch schließlich jeder, dass heimtückisch flatternde Plastiktüten und Planen systematisch Jagd auf nichtsahnende Pferde machen, um sie dann aufzufressen. Aber nicht mit mir - ich machte auf dem Absatz kehrt, und zwar blitzartig. Den Mann an meinen Zügeln hatte ich total vergessen. In dem Moment blökte mich die Frau an: „Stell dich nicht so an, Pfridolin! Das ist doch nur ein Stück Plastik! Du hast sowas doch schon hundert Mal gesehen!"

Ja und? Die ersten neunundneunzig Male fand ich trotzdem furchtbar, weil ich mich ungern auf das getrübte Urteilsvermögen meiner Besitzerin verlasse. Im Zweifel wird ja nicht sie gefressen, sondern ich. Aber wenn sie sich so anstellt, benehme ich mich lieber, sonst gibt es vielleicht keine Möhren. Ich war also wieder die Ruhe selbst. Bin halt ein cooler Typ. Leider hatte der Herr Polizist nicht mit meinem spontanen Wendemanöver gerechnet und war in einem Haufen Pferdeäpfel weggerutscht, die dummerweise im Weg lagen. Jetzt lag er mitten im Pferdemist und hatte sich ordentlich eingeferkelt. Ich stand wohlerzogen daneben und schaute freundlich auf ihn herab.

„Ach du liebe Güte, ist mir das peinlich! Ist Ihnen was passiert? Pfridolin hat sowas noch nie gemacht", rief meine vergessliche Besitzerin und reichte Herrn Fritz die Hand, auf dass er sich an ihr hochzöge. Das klappte natürlich nicht und zack, lagen beide im Mist. Menschen. Da fällt einem nix mehr zu ein.

„Ach du Scheiße!" rief Dana.

„Jau. Liegt sich aber eigentlich ganz bequem", äußerte der Herr Polizist.

„Hast du dir wehgetan?"

„Nee. Und du? Ich heiße übrigens Dana."

„Ich weiß. Ich heiße leider Guntram."

„Leider Guntram? Das ist ein ungewöhnlicher Name. Mir hast du gesagt, du heißt Fritz mit Nachnamen", erwiderte Dana. „Aber lass uns erst mal aufstehen. Wenn möglich, ohne dass du mich wieder in die Scheiße schubst."

Ich wäre zu diesem Zeitpunkt keine Wette darauf eingegangen, dass die beiden wieder hochkämen. So doof wie die beiden hatten sich Menschen schon lang nicht mehr in meiner Gegenwart angestellt. Aber man soll nie nie sagen. Sie schafften es sogar, mich in meine Box zu bugsieren und ordnungsgemäß zu versorgen.

„Du hattest noch irgendwelche Fragen", erinnerte Dana Guntram, nachdem sie über den ersten Schock hinweg war. Wie konnte eine Mutter ihren Sohn nur Guntram nennen? Das war doch gemein.

„Ja schon. Ist aber nicht so eilig. Bist du morgen wieder hier? Ich würde mich wirklich ganz gern umziehen."

„Klar, ich bin jeden Tag hier. So ab 18 Uhr, ok?"

18 Uhr wurde für gut befunden und Guntram Fritz wandte sich zum Gehen. Er war sehr glücklich und

schmutzig und freute sich auf den nächsten Tag, an dem er diese tolle Frau in sauberen Klamotten wiedersehen würde.

„Vielleicht bringst du dir lieber Sachen zum Umziehen mit!", rief sie ihm zum Abschied nach. „Und eine Mütze. Ich glaube, dir hat grade ein Vogel auf den Kopf geschissen!"

„Das bringt Glück!" erwiderte Guntram Fritz im Liebestaumel und bestieg sein Dienstfahrrad.

Kaum war er um die Ecke verschwunden, schlenderte Felix, der Cowboy, betont lässig zu Dana.

„Wenn du Erziehungstipps für dein Pferd brauchst, helf ich dir gern", bot er gönnerhaft an.

„Erziehungstipps? Wie meinst du das? Meinst du etwa, MEIN Pferd… mein GROSSARTIGES Pferd… das ist übrigens dieses tolle Tier da drüben" – ich hob geschmeichelt den Kopf- „wäre nicht erzogen? Du spinnst wohl!!!"

„Na, die Aktion vorhin war ja wohl völlig überflüssig,"

„Mein Pferd darf sich nach mir umdrehen. Wir haben nämlich ein besonderes Verhältnis zueinander."

Das musste ich mir unbedingt merken, für das nächste Mal Meckern, wenn ich angeblich wieder was kaputtgemacht habe. Dana war aber noch nicht fertig mit Felix.

„Und wenn jeder sofort die Äppel seines Pferdes wegfegen würde, so wie sich das gehört, wäre auch weiter nix passiert. Welches Pferd hat da eigentlich hingekackt? Deins etwa?"

An dieser Stelle musste Felix kleinlaut zugeben, dass das eventuell möglicherweise der Fall gewesen sein könnte. Danas Augen sprühten Funken.

„Aber fegen kannst du schon, ja?"

Felix gab zu, dass er das könnte.

„Und worauf wartest du dann noch? Dass sich da noch jemand hinlegt?"

Geschlagen trat Felix den Rückzug an und machte sich daran, die Hinterlassenschaften seines Pferdes zu beseitigen.

Mittlerweile war auch Melanie im Stall eingetroffen und starrte Dana an.

„Wie siehst du denn aus?"

„Wie man halt aussieht, wenn man sich mit einem netten Mann in Pferdescheiße wälzt."

„Aha", staunte Melanie. „Und warum tust du das? Und vor allem mit wem?"

„Mit dem netten Herrn Polizisten. Nach dem Ausmisten war uns warm und wir wollten uns suhlen."

„Ihr wolltet was?"

„War nur Spaß. Der Herr Frauenversteher dort hinten", sie gestikulierte in Felix' Richtung, „hat nicht gefegt, und Guntram und ich haben uns in den Pferdeäppeln langgelegt."

„Guntram", sagte Melanie tonlos.

„Da kann er ja nix für. Er hat mir die Box ausgemistet und wir haben gequatscht. Dann hat er Pfridolin geführt, ist in Felix' Pferdeäppeln ausgerutscht und hat mich mit runtergezogen."

„Es waren nicht meine Äppel, sondern die von meinem Pferd", mischte sich Felix ein, der mit dem Fegen fertig war. Dana ignorierte ihn.

„Ja, und dann gab ein Wort das andere."

„Also deshalb siehst du aus wie ein Erdferkel. Was sagt denn der Herr Polizist sonst so? Gibt es eine heiße Spur?"

Marie kam dazu. „Hallo Dana, hat dir schon mal jemand gesagt, dass du wie ein Schwein aussiehst? Hallo Melanie, was gibt's Neues?"

„Dana hat einen Polizisten, der ihr die Box ausmistet!"

„Nein! Wie aufregend!" Marie staunte. „In Uniform? Hat er eine Waffe?"

„Hat er bestimmt. Hat mich aber nicht so interessiert", gab sich Dana betont cool. „Es ist übrigens nicht MEIN Polizist, sondern EIN Polizist. In Zivil. Der hier ermittelt hat. Weil die Polizei anscheinend noch keine Ahnung hat, wer der Mörder ist. Er wollte halt wissen, wie es in der Reiterei so zugeht. Ich glaube, ein bisschen was hat er gelernt, praktische Erfahrungen sind da ganz wichtig."

„Auf jeden Fall. Möchte er seine Kenntnisse vertiefen? Ich hätte da auch noch eine ungemistete Box", bot Melanie an.

„Trefft ihr euch nochmal? Ist er toll?", wollte Marie wissen.

„Er ist nett und du kennst ihn auch. Es ist der Polizist von gestern. Der Nette, nicht der Giftzwerg. Er ist total sympathisch. Aber eigentlich war er zum Arbeiten hier und nicht wegen mir."

„Ja, gearbeitet hat er ja dann wohl auch", stellte Melanie fest.

„Der Giftzwerg war aber wirklich giftig. Habt ihr mitbekommen, wie er Mary verhört hat? Es war zum Schreien", kicherte Marie. „Sie hat ja so eine tiefe Stimme, und er hat jedes Mal Herr Westmann zu ihr gesagt. Sie hat ihn dann berichtigt und irgendwann war es ihr zu blöd und sie hat ihn mit Frau Kommissar angeredet. Er fand das überhaupt nicht komisch, aber da konnte Mary ja nichts für."

„Gottseidank ermittelt der nicht allein, dann finden sie den Mörder ja nie. Außer er stellt sich aus Verzweiflung oder Langeweile!"

Kiki war aufgetaucht. Sie sah sehr blass aus und wollte gar nicht groß erzählen, wie es ihr ging. Irgendjemand brachte das Gespräch auf Satteldiebe, die in den letzten Nächten bei verschiedenen Höfen in der Nachbarschaft eingebrochen waren. Dana erinnerte sich daran, dass erst vor einem Jahr eine Diebesbande verschiedene Sattelkammern in der Umgebung aufgebrochen und leergeräumt hatte. Klar, spätestens nach einem Jahr hatte jeder Bestohlene einen neuen Sattel. So gab es immer Nachschub. Gar nicht dumm gedacht. Das waren halt Profis.

„Das find ich jetzt aber unheimlich. Stellt euch vor, ein Profi-Verbrecher läuft hier rum und bringt Leute um!" sagte Marie. „Wie war das eigentlich gestern, als du Ralph gefunden hast? Ich hab ein ganz schlechtes Gewissen, weil er mir überhaupt nicht leidtut. Aber er war so ein ekelhafter Mensch, dass ich nur ein bisschen geschockt bin, weil es einen Mörder gibt."

Die anderen nickten, ihnen ging es genauso.

Kiki sagte: „Na ja, toll war es natürlich nicht. Ich hab ihn an der Kleidung erkannt und war dann so geschockt, dass ich direkt reingehen musste. Können wir jetzt vielleicht über was anderes sprechen? Felix, hast du endlich die Pferdeäppel weggefegt?"

Ja, hatte er. Und musste dringend auch noch ein paar organisatorische Dinge mit Kiki besprechen, zum Beispiel, ob es einen Hallenplan gab oder wo man sein Pferd laufenlassen, longieren oder wälzen lassen durfte. Die beiden verschwanden Richtung Reithalle.

Melanie schnappte sich eine Schubkarre und begann, Faxes Box auszumisten. Dana war ihr gefolgt.

„Die arme Kiki sieht aus wie Spucke. Hoffentlich ist das hier bald vorbei."

„Dann hilf deinem neuen Freund mal schön bei seinen Ermittlungen. Und lenk ihn nicht so doll von der Arbeit ab!"

„Erstens ist es nicht mein neuer Freund. Und zweitens weiß ich nicht, was du mit ablenken meinst", zierte sich Dana.

„Du Arme. Soll ich dir mal erzählen, was du alles verpasst?", bot Melanie an, stets praktisch denkend und hilfsbereit. Dana gab zu, sie könne sich schon in etwa vorstellen, worauf Melanie hinauswolle, weigerte sich aber, darauf einzugehen. Stattdessen wollte sie nun aber wirklich nach Hause und endlich die schmutzigen Klamotten loswerden. Melanie fand das zwar schade, aber irgendwie verständlich. Nachdem Faxes Box wieder sauber und ordentlich aussah, machte sie sich auf den Weg zur Koppel.

Da kam Faxe endlich. Das wurde aber auch Zeit. Ich wusste ja immer noch nicht, was er bei seinen Ermittlungen festgestellt hatte. Statt dass ich meine Befragung auf der Wiese mit Hilfe von subtilen psychologischen Tricks hätte fortsetzen können, hatte man mich zu sportlichen Aktivitäten vergattert und mich noch dazu an unqualifiziertes Aushilfspersonal übergeben, das sich nicht mal selbstständig auf den Beinen halten konnte geschweige denn mich vor mordlustigen Plastikfetzchen beschützen.

Zu meinem Leidwesen musste ich Faxe die Wörter einzeln aus der Nase ziehen. Er erzählte gern, wie geschickt er sich unter dem Zaun durchgeschlängelt hatte – das wusste ich ja nun schon – aber was danach kam, war anscheinend so komplex oder geheimnisvoll, dass er es nicht in Worte fassen konnte. Es blieb bei Andeutungen und Aussagen wie „Es war irgendwie komisch" oder „Und dann war da was" oder aber – und das war mein persönliches Highlight - „Du weißt schon." Nein, das wusste ich eben nicht.

Ich seufzte.

Er auch.

„Was ist denn los mit dir, Dicker?" fragte ich.

Er seufzte wieder.

„Na los, sag schon", ermunterte ich ihn.

„Ach weißt du", schnaufte Faxe, „das Leben ist schwer. Erst muss ich den ganzen Tag Detektiv spielen, dann ignoriert mich die sexy neue Stute von der Stutenwiese nebenan – sogar zweimal! Die Fuchsstute. Die andere Neue war mir zu groß. Und dann darf ich kein Wildpferd sein. Ich wollte gern ausbrechen und eine eigene Herde haben, aber von den andern wollte keiner mitkommen."

Oha. Eine Identitätskrise. Ich nickte verständnisvoll. Das konnte jedem mal passieren.

„Ein Wildpferd. Mit eigener Herde."

„Ja genau", bestätigte Faxe. „Frei und wild draußen rumlaufen. Mit fliegender Mähne und so. Und überall essen, wo man will."

„Und da wirst du satt?" Das konnte ich mir einfach nicht verkneifen. Der gefräßige Faxe als Selbstversorger, mit einer hungrigen Herde im Schlepptau. „Ihr würdet nur in irgendwelchen Vorgärten rumstehen und die Leute anbetteln, weil ihr Hunger auf Möhren, Brot und Leckerli habt! Du weißt doch selbst, wie schnell so eine Wiese abgefressen ist. Und was würdest du im Winter tun?"

Faxe dachte kurz nach. „In einen Heuschober einbrechen und mich durchfressen", strahlte er.

„Ja klar. Und dabei bleibt ihr völlig unentdeckt, du und deine Herde."

„Höre ich da einen gewissen Zynismus heraus? Würdest du dich nicht gemeinsam mit deinem alten Freund Faxe auf das Abenteuer deines Lebens einlassen?"

„Nein."

„Nein?"

„Nein."

„Wie - nein? Einfach so?"

„Nein."

„Echt nicht?"

„Nein."

„Warum nicht? Denk nur an das freie und ungebundene Leben. Wir tun, was wir wollen, und laufen dahin, wo das Gras hoch steht und auf uns wartet."

„Ja klar. Du weißt aber schon, dass wir in Deutschland sind? Wo es man ungefähr fünf Minuten lang wie ein wilder Mustang laufen kann, bis man auf die erste Autobahn stößt und vom Jäger erschossen wird."

„Du bist immer so negativ. Das ist halt der Preis der Freiheit."

„Als ob es dir hier im Stall so schlecht geht, mit deinen Türöffnungskünsten."

„Na ja, ich bin schon gut, aber kein Blacky", erwiderte Faxe bescheiden.

„Aber auch kein wilder Mustang", gab ich mich pädagogisch.

„War ja nur so 'ne Idee", meinte Faxe. „Aber weißt du, was ich alles herausgefunden habe? Lisette hat nichts gesehen und weiß von nix. Sie sagt, sie hätte alle Hände voll mit der neuen Stute gehabt. Hast du die schon gesehen? Das ist ein Sahneschnittchen, sag ich dir! So schön bin ich noch nie ignoriert worden."

„Bleib beim Thema", ermahnte ich. „Was ist mit den anderen?"

„Die haben den Kopf auch nur zum Fressen. Ich bin dann aber weitergegangen, zu der Wiese, auf der die Pferde vom doofen toten Ralph stehen. Die sagten mir, Ralph wäre ein solches Arschloch gewesen, dass sie sich über seinen Tod richtig gefreut hätten. Sie hatten immer Rückenschmerzen und die Beine taten ihnen auch weh, weil sie immer so viel und so hoch springen mussten.

Wenn es ihnen schlecht ging, hat ihnen Ralph irgendwas eingeflößt und sie weitergeritten. Futter gab es auch nicht viel."

„Überraschung. Das sieht man den armen Viechern ja auch kilometerweit an."

„Dann wollte ich wieder zurückgehen und mir nochmal die supersüße Stute angucken, am liebsten ganz aus der Nähe, wenn du verstehst, was ich meine. Hehe!" Er zwinkerte mir abstoßend lüstern zu.

„Du Wüstling. Bleib lieber beim Thema! Außerdem ist die Stute schon vergeben."

„Echt? An wen?" Faxe staunte.

„Und zwar ist das nämlich meine", sagte ich siegessicher.

„Haha, weiß sie das auch schon? Schätze, die ist ein bisschen zu wild für dich!"

„Was soll das denn heißen?", fragte ich empört. „Ich bin sportlich durchtrainiert und voll im Lack!"

„Und nach einem Zweistundenritt außer Puste. Und außerdem ein Wallach und älter als drei", zählte Faxe auf.

„Das war eine Jagd und mit Sprüngen!", sagte ich empört. Ich war zwar im nichtspringenden Feld gewesen, aber das tat jetzt nichts zur Sache. „Und du konntest nicht mit, weil Melanie nicht sicher war, ob du mit deiner schlechten Kondition durchhältst."

„Was ich weiterhin bei meinen Ermittlungen erfahren habe", schwenkte Faxe thematisch wieder um, „ist, dass Ralph überall Schulden hatte. Er hat Geld unterschlagen und ist trotzdem pleite, sagt Fabio. Er hat sich auf den Turnieren mit komischen Leuten getroffen. Fabio sagt, es wären gefährliche Leute gewesen. Manche hätten Ralph bedroht und er hätte ihnen dann Geld gegeben. Cassidy meint, es wäre bestimmt interessant, mal bei ihm in den Spind zu gucken. Sie wollte aber nicht sagen, warum."

6. Kapitel, in dem geheimnisvolle Dinge gefunden werden

Dana kramte auf der Suche nach einem Labello in ihrer Jackentasche herum und förderte dabei den kleinen Schlüssel zutage, den sie gestern auf Pfridolins Paddock gefunden und mittlerweile komplett vergessen hatte. Sie und Melanie standen direkt nebenan auf Faxes Paddock, von wo aus man einen guten Blick auf den Reitplatz hatte, ohne allzu neugierig zu wirken. Felix hatte Reitunterricht bei Mary, dem Cowgirl, und das wollte Melanie sich nicht entgehen lassen. Dana leistete ihr Gesellschaft, aus Freundschaft, wie sie betonte – keineswegs, weil sie neugierig oder gar an Felix interessiert gewesen wäre, und sei es nur, um über ihn zu lästern. Felix hatte sich in der Reitstunde wacker geschlagen, das musste der Neid ihm lassen. Dafür, dass er sich – aus Danas Sicht – so arrogant und selbstherrlich benahm, war er ein sehr fairer Reiter, der seine hübsche Stute mit feinen Hilfen ritt. Und das als Westernreiter. Dana staunte und äußerte sich anerkennend. Melanie strahlte über das Lob, als würde es sie persönlich betreffen. *Die Ärmste ist hin und weg von dem Kerl. Der müsste schon verkehrt herum auf dem Pferd sitzen, damit ihr was Negatives auffällt*, dachte Dana nachsichtig. Felix parierte zum Schritt durch. Anscheinend hatte er nicht gemerkt, dass er unter Beobachtung stand. *Gut so, sonst wird er noch größenwahnsinnig.*

„Guck mal, was ich gefunden habe!" sagte sie und hielt Melanie den Schlüssel vor die Nase.

„Sieht aus wie ein Spindschlüssel. Wem der wohl gehört? Wo hast du ihn denn her?"

„Beim Ausmisten gefunden, auf Pfridolins Paddock."

„Na, Pfridolin wird ihn wohl nicht verloren haben, aber man weiß ja nie", scherzte Melanie. Ha ha, sehr witzig, dachte ich. Manchmal fand ich die Frau und ihre Menschenfreunde einfach nur dämlich.

„Ob du es glaubst oder nicht, der kann lesen und schreiben. Es ist mir manchmal echt unheimlich, wie klug der ist. Immer fühle ich mich beobachtet. Man hat so gar kein Privatleben."

„Du Arme. Dann hättest du dir ein dümmeres Pferd kaufen sollen und nicht den hübschen Kerl mit dem ausdrucksvollen Gesicht und den glänzenden klugen Äuglein. Aber jetzt mal zurück zum Schlüssel: Rein theoretisch kann den jeder verloren haben, aber warum gerade auf Pfridolins Paddock?"

„Ich hab da eine Idee", sagte Dana langsam. „Sollen wir mal was ausprobieren?"

„Du meinst doch nicht…?"

„Doch, genau das meine ich. Lass uns mal zu Ralphs Spind gehen. Wenn der Schlüssel nicht passt, kann ich ihn immer noch ans schwarze Brett hängen."

„Und wenn doch?"

„Dann gebe ich ihn der Polizei!"

„Stimmt, du bist ja neuerdings so vernünftig und hast da beste Kontakte. Kannst du deinen neuen Freund nicht mal ein bisschen danach aushorchen, ob die Polizei schon eine heiße Spur hat?"

„Neuer Freund, pah. Und überhaupt sind das ganz morbide Interessen und hinterhältige Gedanken, die du da hast. Ich kann sowas nicht gutheißen."

Pause.

„Echt nicht?"

„Na klar horch ich ihn aus, ich bin doch genauso neugierig wie du! Wir müssen uns aber beeilen, Guntram kommt nachher vorbei, ermitteln. Und da können wir doch schon mal ganz hilfsbereit was vorbereiten, oder? Es wäre doch gemein, wenn ihm keiner hilft und er sich ganz umsonst hierherbemüht!", lachte Dana, die stolz darauf war, wie sie sich soeben das Herumpfuschen in polizeilichen Ermittlungen passend geredet hatte.

„Also, los jetzt. Wo ist Ralps Spind?"

„Aufregend, nicht? Wie in einem Krimi", sagte Dana, als sie in dem Stalltrakt angekommen waren, in dem Ralphs Pferde standen. Vorbei an den Boxen und Richtung Sattelkammer. Hier standen die Spinde. Glücklicherweise hing an jedem Spind ein Namensschild, so dass Dana und Melanie schnell fündig wurden.

„O-kay. Diese vier Spinde gehörten Ralph. Fabio, Cassidy, Quadriga und Coeur de Luxe. Mit welchem fangen wir an?"

„Mit gar keinem, glaube ich", sagte der Cowboy direkt hinter ihnen. Dana und Melanie wären vor Schreck fast tot umgefallen, hatten sich aber schnell wieder gefangen.

„Felix! Wir haben dich gar nicht kommen gehört!", strahlte Melanie. Dana freute sich nicht ganz so sehr.

„Was soll das denn werden, wenn's fertig ist?"

„Wir wollten was ausprobieren.", erwiderte Dana. „Suchst du zufällig dein Pferd?"

„Und zwar wolltet ihr was ausprobieren?"

„Das geht dich gar nix an. Falls du dein Pferd suchst: Das war gerade eben noch auf dem Reitplatz. Melanie bringt dich sicher gerne hin."

Melanies Augen leuchteten: „Klar, komm mit!"

Felix lächelte: „Netter Versuch, aber so einfach werdet ihr mich nicht los. Was wolltet ihr ausprobieren?"

„Was hast du eigentlich hier verloren? Solltest du nicht dein schwer arbeitendes Pferd noch Schritt gehen lassen?"

„Woher weißt du …. Ach, ihr wart das! Ich hatte Stimmen gehört und war mir nicht sicher, wohin die gehören."

„Du hörst Stimmen? Warst du schon beim Arzt?", fragte Dana unschuldig. *Hoffentlich haut der bald ab, damit wir den passenden Spind suchen können.*

„Dana hat diesen Schlüssel gefunden, und wir wollten nachsehen, auf welchen Spind er passt", platzte Melanie heraus, bevor Dana sie daran hindern konnte.

„Ein Schlüssel! Und da wolltet ihr Detektiv spielen, ja?"

Dana wäre ihm fast ins Gesicht gesprungen. „Ja, genau. So ähnlich wie bei den drei Fragezeichen. Und dann bringen wir uns in Gefahr und ein Erwachsener muss uns retten. Sowas wolltest du doch jetzt sagen, oder?"

„Stimmt genau. Denkt daran, hier läuft ein Mörder frei herum, und ihr mischt euch in die Arbeit der Polizei ein. Dana, wenn du willst, kannst du mir den Schlüssel geben und ich liefere ihn bei der Polizei ab", bot Felix fast gar nicht gönnerhaft an.

„Nö, lass mal. Das krieg ich schon selber hin. Bin ja schon groß."

„Sicher?" *Mann, kann der Kerl frech grinsen.* „Wie gesagt, du kannst mir den Schlüssel auch geben. Dann hast du einen Weg gespart."

„Nein, ich mach das lieber selbst. Komm, Melanie, wir gehen. Ich muss nochmal dringend zu Pfridolin, ich glaube, ich hab da was vergessen."

Wieder bei den Pferden angekommen, hatte Dana natürlich nichts vergessen. Der geheimnisvolle Spindschlüssel wurde an ihrem Schlüsselbund gesichert. Dana meinte: „Nicht, dass ich den wirklich noch verliere! Ganz schön neugierig, der Felix. Warum will er nur so dringend den Schlüssel haben?"

„Weil er ihn der Polizei geben will. Hat er doch selbst gesagt."

„Oder weil er selber nachgucken will?" *Vielleicht weiß er aber auch, was in dem Spind ist und will etwas verschwinden lassen,* dachte Dana. Laut sagte sie: „Letztlich weiß doch keiner was über Felix. Wer er ist und was er so macht. Da ist es ganz vernünftig, wenn man ein wenig misstrauisch ist. Ich zum Beispiel traue ihm ungefähr so weit, wie ich eine übergewichtige Waschmaschine werfen kann."

„Also ich finde ihn tooootaaal nett. Und er hat ja auch Recht mit dem, was er sagt."

„Und außerdem stehst du auf seinen Cowboylook und findest ihn ganz allgemein extrem toll, das ist schon klar", grinste Dana.

Das war mein Stichwort. „Na, Faxe, was macht eigentlich deine Diät?", fragte ich nach nebenan. Faxe machte ein langes Gesicht.

„Geht schon los. Heute Abend nur ein winziges Häppchen. Und das, wo ich gestern so weit gelaufen bin und so toll viel ermittelt habe."

„Zum Ausgleich bist du heute gar nicht gelaufen, sondern hast gefressen, bis du dich kaum noch bewegen konntest."

Ich war immer noch sauer, dass aus meinem tollen Peppy-Anbagger-Plan nichts geworden war. Lisette hatte ihre Stutenherde eisern vom Zaun zu unserer Wallachweide ferngehalten, und John-Boy hatte so laut und ausdauernd schweinische Witze und altmodische Anmachsprüche gewiehert, bis mir das Gras vor lauter Fremdschämen nicht mehr schmeckte und ich froh war, als mich die Frau zu ungewohnt früher Stunde von der Weide holte. Anscheinend hatte sie früher Feierabend gemacht, weil sie gestern so lang und viel gearbeitet hatte.

Die Frau und Arbeit, man höre und staune. Kann mir doch keiner erzählen, dass die mehr Stress hat als ich! Ich muss mich mit ganz existenziellen Fragen herumschlagen, zum Beispiel, wo ich tagsüber was zu essen finde und ob ich ein Liebesleben bekomme. Sie sitzt nur in diesem Bürodingens rum und lässt sich von ihrem Kollegen füttern. Das hat sie Melanie erzählt, deshalb kenn ich mich so gut damit aus. Es ging um den Lieblingskollegen, der ihr immer Schokolade mitbringt, und um den anderen, der nur Leberwurstbrote isst und davon nix abgibt. Und die Geburtstagsfeier des Bürgermeisters, die demnächst wohl in irgendeiner Baustelle stattfinden soll. Essen und feiern ist ja wohl keine Arbeit, oder?

„Und Blacky hat mich gezwickt, jawohl. Ich weiß gar nicht, warum." Faxe war mit seiner Jammertirade immer noch nicht fertig.

„Wahrscheinlich, weil du ihm mit deinem zarten kleinen Hinterteil im Weg warst, als er mit seinem üblichen Affenzahn quer über die Weide gerannt ist."

„Zart? Ehrlich?" Faxe guckte sich um. „Ich weiß ja nicht. Ich finde es eher muskulös und angenehm flauschig."

Gottseidank, er hatte seine innere Ruhe wiedergefunden.

„Damit es so wunderbar rund bleibt", er wandte sich noch einmal um, um seinen ausladenden Plüschpopo zu begutachten, „brauch ich aber Futter, und zwar mehr als nur das Händchenvoll, das Melanie mir gönnt."

„Die Frau ist in letzter Zeit auch komplett durch den Wind. Noch schusseliger als sonst, meine ich. Kommt dreimal zurück, um zu kontrollieren, ob sie die Boxentür auch wirklich zugemacht hat, zum Beispiel. Das ist bestimmt nur wegen dem doofen toten Ralph so. Blöd, dass wir heute nicht weiterermitteln konnten."

„Ja, blöd."

„Hoffentlich haben wir den Mörder bald gefunden und alles ist wieder normal."

„Dann ist dieser Cowboy-Felix aber immer noch da." Faxes Magen knurrte. Faxe auch. Schließlich war er wegen Melanies plötzlicher Verliebtheit in diesen Cowboy-Felix auf Diät. „Wenn Melanie sich was in den Kopf gesetzt hat, dann gibt sie nicht so schnell auf. Erinnerst du dich noch daran, wie ich Doppellonge lernen musste?"

Das würde wohl so schnell keiner vergessen. Melanie hatte sich Tag für Tag in den Leinen verheddert und Faxe stand in der Mitte. Zuerst hatte er noch gelacht, aber als sich das Spektakel Tag für Tag wiederholte, wunderte er sich nur noch. Das Beste daran war, dass es nicht anstrengend war. Melanie kam nämlich nie ernstlich dazu, ihn an der Doppellonge zu gymnastizieren, weil sie quasi sofort über die beiden Leinen stolperte. Kiki hatte Faxe in die hohe Kunst der Doppellonge eingewiesen und gab sich alle Mühe, Melanie wenigstens die Grundzüge zu erklären, aber es sollte einfach nicht sein. Jedenfalls konnte sie sich nie über Zuschauermangel beschweren.

„Und wenn nun Felix der Mörder ist? Dann könnte Melanie mit der Diät aufhören und du bekämst auch wieder mehr Futter."

„Aber wieso sollte er Ralph umgebracht haben? Er kannte ihn doch gar nicht. Ich finde, er sollte sich um Melanie kümmern und ihr sagen, dass er dicke Frauen mag." Faxe kicherte.

„Dicke Frauen mit dicken Pferden", ergänzte ich. „Hehe."

„Ich bin nicht dick. Das sind schwere Knochen und viel Fell. Und ich bin total unterzuckert. Das ist bestimmt gefährlich."

Dana spähte in meine Box und wechselte das Thema: „Pfridolin, guck mal da seitlich rüber. Danke. Das sieht ja schlimm aus! Ich glaube, ich muss dir mal wieder die

Mähne schneiden, die ist ja krumm und schief nachgewachsen."

Ich zuckte zusammen. Meine Mähne war keineswegs schief nachgewachsen, die war von Anfang an krumm und schief geschnitten worden. Die Frau hatte nämlich viele Vorzüge, aber gerade gucken gehörte definitiv nicht dazu. Infolgedessen hatte ich die meiste Zeit des Jahres eine krumm und schief geschnittene Mähne, oft sogar noch mit zusätzlichen Zacken oder komplett durchgestuft. Dass das meine Chancen beim anderen Geschlecht nicht erhöht, ist klar. Und jetzt, wo ich bei Peppy sooo kurz davor war, endlich ein Liebesleben zu bekommen, wollte die Frau mir mal wieder einen zackeligen Pottschnitt verpassen und mein Leben ruinieren. Das war so… so… typisch. Ich seufzte abgrundtief.

Jetzt kam auch Melanie dazu: „War das Faxe? Der sieht immer noch ganz schlapp aus. Gestern war er schon so mude. Was ist los, Dicki? Hat Pfridolin dich gejagt? Oder waren die Fliegen so schlimm?"

„Nein, Dicki wollte Mustang sein, aber keiner wollte mitmachen. Auch die neue Fuchsstute nicht", lästerte ich. „Außerdem hat Blacky ihn in den Hintern gezwickt."

„Welße Fuchßßute?", fragte Companero von nebenan.

„Meinßt du die ßexy neue Fuchßßtute? Wußßtesßt du ßon, daßß ßie mir ßugeßwinkerrt hat? Iß glaube, ßie liebt mich."

„Genau die meine ich, und zufällig ist das meine Stute", erwiderte ich, noch relativ freundlich.

„Bißt du dirr da ganß ßicherr?", wollte mein Boxennachbar mit dem Pseudo-Akzent wissen.

„Ja, das bin ich. Und wehe, du gräbst die an. Die… die… ist nämlich….“ Ich sah mich suchend um, bis mein Blick auf Dana und Melanie fiel. "Krank", beendete ich den Satz.

„Ssoßo. Mirrr kam ßie ganß geßund vorrr“, lispelte Companero mit einem lüsternen Lächeln.

Zuviel ist zuviel. „Und wenn du gesund bleiben willst, lässt du die Hufe von ihr, Karl-Egon aus Herne! Ich weiß genau, dass du kein Spanier bist und nur so tust, als ob! Jetzt hör doch mal mit deinem albernen nachgemachten Akzent auf, da fällt doch kein Mensch drauf rein und erst recht kein Pferd! Die nette kleine Stute gehört mir und jeder, der sie auch nur anguckt, kriegt mit mir höchstpersönlich Ärger!“, sagte ich hitzig und auch ein wenig gewaltbereit.

„Weiß die Stute eigentlich schon von ihrem Glück? So, wie ich die einschätze, könnt ihr beide euch warm anziehen. Die lässt sich nix sagen und von niemandem reinreden, erst recht nicht von euch beiden Plüschtieren“, ließ sich Faxe in aller Gemütsruhe vernehmen.

Companero und ich sahen uns an. Das kam jetzt unerwartet. Vielleicht hatte er Recht? Vielleicht war er auch einfach nur doof? Hmmm.

Ich nahm es philosophisch - erst mal was essen. Streiten konnten wir uns danach immer noch. Auch Companero ging wieder zum Heu. Fressgeräusche zeigten, dass er meinem Beispiel folgte.

„Meeensch, der arme Faxe. Vielleicht hat er sich aber auch nur überfressen?“ Die Frau nun wieder.

Faxe kommentierte: „Lächerlich. An dem kleinen Häppchen?“

Die Frau verstand ihn natürlich nicht und sprach weiter: „Oder er hatte einfach einen Scheißtag. So wie ich heute im Büro.“

„Ja, das hast du erzählt“. Melanie nickte verständnisvoll. „Dieses blöde Einkaufszentrum.“

„Und dieser unsägliche Jean-Claude Beutell! Bei der Info-Veranstaltung heute Morgen hat er mich übelst von der Seite angequatscht. Ob er mir die Pläne nochmal persönlich erläutern sollte, bei einem Geschäftsessen in seinem Lieblingsrestaurant.“

„Nein!“

„Doch!“

„Du hast natürlich abgelehnt.“

„Ja leider. Wenn Herr Beutell – ,das spricht sich Beu-TELL, mit Betonung auf der zweiten Silbe, meine Liebe‘ – will, kann er nämlich recht charmant sein. Aber das geht natürlich gar nicht, dass ich mich privat von ihm durchfüttern lasse. Ich bin doch kein Politiker!“

„Das mit der Geburtstagsparty ist natürlich der Hammer!“

„Schscht, das weißt du nicht von mir!“

„Was denn?“

„Du weißt nicht von mir, dass das Bauunternehmen Beutell & Schneyder dem Bürgermeister eine Geburtstagsparty spendieren will, und zwar am liebsten auf der Baustelle!“

Die Baufirma mit dem schönen Namen Beutell & Schneyder hatte mitteilen lassen, man würde nun gern in die Detailplanung einsteigen. Dabei hatte der Bürgermeister erst vor drei Tagen das erste Mal öffentlich über das Einkaufszentrum gesprochen. Außerdem waren die denkmalgeschützten Häuser, die dem Einkaufszentrum weichen müssten, erstens denkmalgeschützt und zweitens noch bewohnt. Dana fand das haarsträubend. Ganz zu schweigen von dem wunderbar idyllischen Park mit seinem alten Baumbestand.

Matthias Schneyder war der Bruder von Cordula Klingebiel, der Bürgermeistersgattin. Sein Kompagnon Gérard Beutell war im Unternehmen anscheinend für die Anbahnung von Kontakten und die Außendarstellung verantwortlich. Er hatte mehrfach mit Dana telefoniert, um sie „in ihrem schweren Job zu unterstützen" und vor allem, um sie auf die Seite der Einkaufszentrums-Befürworter zu ziehen, deren Reihen zurzeit noch überschaubar waren. Seit Beutell aber seit neuestem mit neuen und zusätzlichen Arbeitsplätzen warb, fanden viele Meisenwalder das Projekt nicht mehr ganz so furchtbar. Kluge Menschen hatten zwar darauf hingewiesen, dass der Meisenwälder Einzelhandel keine Chance gegen ein Einkaufszentrum mit allem Zipp und Zapp hätte und man mit diversen Geschäftspleiten rechnen müsse, wurden aber von Beutell und seinen Anhängern souverän ignoriert. Dana war es eigentlich gar nicht recht, so in die Politik hineingezogen zu werden, auf der anderen Seite hatte sie die Hoffnung, vielleicht doch noch etwas abbiegen zu können, was den Charakter von Meisenwald unwiderruflich zerstören würde. Sie liebte den kleinen Ort mit seinen Menschen – na ja, nicht mit allen –, seinen schönen alten Gebäuden und Fachwerkhäusern und der kleinen Einkaufsstraße mit ihren Geschäften, die tatsächlich noch den Menschen gehörten, die darin arbeiteten und nicht irgendeiner ausländischen Investorenkette. Außerdem musste sie zugeben, dass Gerard Beutell nicht direkt unsympathisch war, weil er sich selbst nicht allzu ernst nahm, und dass es Spaß machte, sich – auf sehr diplomatische Art natürlich – mit ihm zu kabbeln. Matthias Schneyder hatte sie erst einmal gesehen. Er arbeitete überwiegend vom nicht weit entfernten Köln aus und war anscheinend für das operative Geschäft zuständig. Sie wusste noch, dass er einen erwachsenen Sohn hatte, und das war's dann auch schon.

Melanie wohnte noch nicht so lange in Meisenwald. Sie kam ursprünglich aus Köln, arbeitete als Bibliothekarin in Diepenmühle, dem Nachbarort, und war Meisenwalds ländlichem Charme erlegen, als sie eine neue Bleibe für sich und ihre Katzen gesucht hatte. Seit sie hier lebte, hatte sich die Anzahl der Katzen in ihrem Haushalt allerdings deutlich erhöht, weil sie ein großes Herz hatte und alle Streuner in der Gegend mitfütterte. So mancher Meisenwalder wunderte sich seitdem über die rapide Gewichtszunahme seiner Mieze, die sich zusätzlich noch bei Melanie durchschnorrte.

Beide hatten sich gerade so richtig schön über die Vorgehensweise von Beutell & Schneyder aufgeregt, als Dana einfiel: „Du sag mal – ist Felix eigentlich mittlerweile weg? Dann können wir ja nochmal nach dem Spind gucken!"

„Keine Ahnung. Komm, wir schauen mal!"

Pech gehabt. So dilettantisch, wie die beiden ans Ermitteln gingen, konnte das ja nix werden. Wenn ich Augenbrauen gehabt hätte, hätte ich sie hochgezogen. Faxe und ich hätten Dana und Melanie gleich sagen können, dass das nichts wird. Unsereiner hat ja nicht nur das überlegene Gehirn, sondern auch das bessere Gehör. Es war nämlich so, dass sich Schritte näherten.

Felix. Natürlich, wer sonst. Dana seufzte.

„Du, wenn du es dir wegen des Schlüssels nochmal überlegen willst – ich nehme ihn gern an mich und geb ihn morgen bei der Polizei ab. Dann kannst du heute Nacht ruhig schlafen."

„Was soll das denn heißen? Wieso sollte ich nicht ruhig schlafen können?"

„Unterschlagung von Beweismitteln ist kein Kavaliersdelikt. Da kann man richtig Ärger kriegen. Gib ihn mir, ich kann besser darauf aufpassen als du."

„Ach, und dann ist es keine Unterschlagung? Du spinnst wohl. Wieso bist du eigentlich so scharf auf diesen Schlüssel?"

„Das wüsste ich aber auch mal gern", schaltete sich Melanie ein. „Es ist nur ein Schlüssel, der auf jeden Spind passen könnte. Was ist daran so schlimm oder gefährlich?"

„Ich wollte nur hilfsbereit sein. Und außerdem will ich, dass der Mörder gefasst wird. Nicht, dass noch etwas Schlimmes passiert, weil der Mörder aus irgendeinem Grund nicht ermittelt werden kann!"

„Ich verspreche, brav und vernünftig zu sein und den Schlüssel bei der Polizei abzugeben, ok?", zeigte sich Dana versöhnlich.

„Na gut. Ich tu jetzt mal so, als würde ich dir glauben."
Da war er wieder, der Frauenversteher. Mit einem extrem
sympathischen Grinsen. „Was war eigentlich gestern los?
Hat dein Pferd auch so eine spontane Polizei-Allergie wie
du oder wovor hat der sich so erschrocken? Ist ja echt ein
hübscher Kerl, auch wenn ich sonst mit diesen
Warmblütern wenig anfangen kann."

Guck an. Der war gar nicht so doof, der Felix. Hatte
einen guten Pferdegeschmack. Ich grinste selig. Bin ja
immer froh, wenn jemand mein Potenzial erkennt, trotz
meiner grausligen Frisur. Und die Frau wollte schon wieder
an der Mähne rumschnibbeln! Ich mochte gar nicht daran
denken. Faxe hatte es gut. Melanie war so verständnisvoll
und liebte jedes einzelne seiner Haare – und das sind bei
einem Tinker sehr, sehr viele. Mähne und Schweif
wucherten so ungehindert wie die Kürbisse auf Kikis
Komposthaufen. Aber ich Armer wurde immer
verunstaltet und sah frisurentechnisch aus wie Justin
Bieber, der sich die Haare mit einer Bastelschere selbst
geschnitten hatte. Nachdem man ihm die Augen
verbunden und die Hände gefesselt hatte.

Felix ging zu mir und tätschelte an meinem Hals
herum. Er fand auch gleich die Stelle, die immer so doof
juckt, und krabbelte fachmännisch an mir herum. Die Frau
war hin und weg. Melanie guckte eifersüchtig.

„Wer hat denn dem armen Kerl die Mähne so
verunstaltet?" fragte Felix, der anscheinend gern mit dem
Feuer spielte.

„Wie meinst du das?" Danas plötzliche gute Laune ließ
ebenso plötzlich wieder nach.

„Na hier… und hier… diese Zacken!"

„Da geh ich gleich mal bei", verkündete Dana. „Das wächst immer so zippelig nach. Ich wollte ihm heute sowieso die Mähne ordentlich machen."

Ich sah Felix hilfesuchend an. Mähne schneiden war so demütigend. Und das Ergebnis erst – Schmach und Schande. Auch Faxes und Companeros Blick suchte ich, und Melanie bedachte ich mit einem ganz besonders herzzerreißenden Augenaufschlag. Faxe und Companero schüttelten lässig bis arrogant ihre Wallemähnen. Ich seufzte.

„Hört mal, Jungs…" begann ich.

„Männer. Wir sind Männer", kam von Faxe.

„Hört mal, Männer, was ich vorhin so alles gesagt habe…"

„Daß warrr ßehrrr viel, waß du da geßagt haßt", bemerkte Companero.

„Was ich sagen wollte: Das doch war alles nicht so gemeint. Ehrlich. War ein Scherz und ist mir so rausgerutscht. Das ist doch nur, weil… weil…"

„Ja?"

Ich wusste nicht weiter. Ich weiß nicht, woran es liegt, aber immer, wenn mir die Frau an der Mähne rumschnibbeln will, geht's mir so richtig schlecht, weil ich genau weiß, dass hinterher wieder alle über mich lachen.

„Wir warten…", sagte Faxe.

„Weil…", Herrgott, war das unangenehm. Wenn ich gekonnt hätte, wäre ich rot geworden.

„Ich rate mal: Weil du ein größenwahnsinniges Freizeitpferd bist, das es nicht ertragen kann, auch mal den Kürzeren zu ziehen", grinste mein ehemals bester Kumpel.

„Und eine alberrrne Frrrißur ßpaßierrrenßutrrragen", merkte Companero an, der offensichtlich eine besondere Begabung dafür hatte, genau die Wörter zu finden, in denen die meisten Rs und Ss vorkamen.

„Jaahaa." Das war ich. Genervt, wie man sich unschwer vorstellen kann. „Ich weiß gar nicht, wie ihr auf sowas kommt." Brüllendes Gelächter war die Antwort. „Na prima, jetzt lacht ihr schon über mich, obwohl ich die Haare noch gar nicht abhabe."

„Freunde müssen sich auch mal die Wahrheit sagen können", behauptete Faxe.

„Na toll, Dicki", antwortete ich. Er guckte verschnupft.

„Siehste? So ist das – es ist ein Geben und Nehmen."

Melanie beäugte meine Mähne kritisch. „Du immer mit deiner Schnibbelei", sagte sie kopfschüttelnd zu Dana.

„Wieso? Das wächst doch alles wieder nach!", verteidigte die sich.

„Ja, wie so ein Zackenschnitt halt rauswächst. Wenn du da jetzt nochmal dran rumsäbelst, hat der arme Kerl ja gar keine Mähne mehr."

„Menno. Ich will doch nur, dass er hübsch ist, und bei einem Warmblut sieht eine lange Mähne einfach nicht aus. Das steht nur einem Tinker oder einem Spanier, zum Beispiel. Meinst du, ich sollte alles erstmal ein bisschen wachsen lassen?"

„Ja, gute Idee!" meinten alle, ich eingeschlossen.

Auf dem Parkplatz vor dem Stall hörte man eine Fahrradklingel und eine fröhliche Stimme.

„Guntram!", fiel Dana ein.

„Dein neuer Freund?", fragte Felix interessiert. „Wenn deine Polizei-Allergie jetzt weg ist, kannst du ihm ja gleich den Spindschlüssel geben."

„Er ist nicht mein neuer Freund. Und ich lass mir doch von dir nicht sagen, was ich tun soll!", zickte Dana aus Gewohnheit und Prinzip.

„Ich geh dann mal – du schaffst das schon!", zwinkerte der Cowboy ihr zu.

„Ja, geh du mal!"

„Ich weiß gar nicht, warum du so garstig zu ihm bist.", meinte Melanie. Dana musste glücklicherweise nicht antworten, weil Guntram soeben den Stall betreten hatte und sie anstrahlte.

„Dana erinnert mich ein bisschen an die neue Fuchsstute", urteilte Faxe. „Die lässt sich auch von keinem was sagen."

„Können wir auch mal über was anderes sprechen als über Peppy?"

„Ach, Peppy heißt sie? Hübscher Name."

Ich räusperte mich.

„Jaja, schon gut. Worüber willst du denn sprechen? Über die neue Frisurenmode?"

„Haha, sehr komisch. Zum Beispiel über diesen Cowboy. Und den Schlüssel. Was kann nur so Spannendes in dem Spind sein?"

„Was wissen wir denn über den Cowboy? Mal überlegen. Er ist noch nicht lange hier. Er kann Dana gut ärgern. Er will den Schlüssel haben und wahrscheinlich selbst den Spind leerräumen. Was mag da nur drin sein? Hafer? Möhren? Pferdeleckerlis?" Faxe schmatzte hungrig.

„Nein, Faxe, das glaube ich nicht. Wir sprechen über Ralph Reißmann. Dessen Pferde wissen gar nicht, was Leckerlis sind, glaub es mir. Aber ich habe mit Lisette gesprochen. Meine Freundin Peppy", Companero schnaufte verächtlich und Faxe schien zu kichern, „findet den Cowboy gut. Er scheint also irgendwie in Ordnung zu sein."

„Vielleicht ist Geld in dem Spind. Oder was Geklautes." Mit Klauen kannte sich Faxe aus. Als bekennender Kleinkrimineller futterte er alles, was er stehlen konnte, und rechtfertigte sich mit der Begründung, Mundraub sei nicht strafbar. Von Geld hatten wir keine Ahnung, wussten aber, dass es existiert und irgendwie keinen Sinn macht. Also so ähnlich wie Kartoffelchips oder Wurstbrot. Den Fehler, nochmal ein Wurstbrot zu stehlen, würde Faxe wohl so schnell nicht nochmal machen.

„Und wie kriegen wir das jetzt raus? Kannst du nicht Cassidy oder Fabio nochmal fragen?"

„Kann ich versuchen. Ich glaube aber nicht, dass sie mithelfen wollen, den Mörder zu fangen. Die finden eher, dass er eine Belohnung verdient hat. Aber mal was ganz anderes: Findet ihr nicht, dass sich Kiki komisch verhalten hat?"

„Wieso?"

„Überleg doch mal. Zuerst sucht sie Ralph, weil sie irgendwas zusammen vorhaben. Dann findet sie ihn und ist am Boden zerstört. Hatten die vielleicht was miteinander?"

„Boah nee, das ist doch Geschmacksverirrung. Das ist ja so, als ob… als ob…", ich rang nach Worten „als ob ich eine rosa Fliegendecke hätte und das auch noch schön finden würde."

„John-Boy fände dich bestimmt sexy", grinste Faxe.

„Schönen Dank, du bist ein wahrer Freund. Aber du versteht schon, was ich meine, oder?"

„Aber irgendwie", beharrte Faxe auf seiner Meinung „ist es doch komisch, dass sie so viel mit ihm zu tun hatte und trotzdem traurig ist, wenn er stirbt. Er war doch so ein Ekelpaket. Vielleicht waren die beiden ja auch kein Paar, sondern hatten eine andere Verbindung. Irgendwas Geschäftliches? Oder sie haben gemeinsam was verbrochen?"

„Hallo Dana!" strahlte Guntram. „Und hallo, Danas Freundin! Ich bin der Guntram – ich darf doch du sagen, oder? Tut mir leid, dass ich so spät bin, aber mein anderer Fall hat mich heute ganz schön auf Trab gehalten. Ist 'ne ziemlich große Sache, wahrscheinlich international. Ich musste mit Polizeidienststellen in ganz Deutschland telefonieren. Echt interessant. Und dann hatte ich auf dem letzten Stück noch einen Pferdehänger vor mir, der wegen der Holperstrecke so langsam gefahren ist, dass sogar ich mit dem Fahrrad schneller gewesen wäre. Na, ihr wisst ja, wie schmal der Weg ist – ich hab ihn mir sicherheitshalber von hinten angeguckt und mich nicht daran vorbeigequetscht."

Guntram war in Zivil und sah in Jeans und T-Shirt ziemlich gut aus, fand Dana. Melanie sah das anscheinend auch so. „Danas Freundin heißt übrigens Melanie", stellte sie sich vor und fragte: „Gibt's denn was Neues von unserem Fall hier?"

„Nö, die Gerichtsmedizin ist total überlastet, das kann noch dauern. Wir haben im Moment ganz schön viel zu tun."

„Meisenwald – eine Brutstätte des Verbrechens", bemerkte Dana.

„Wenn ihr wüsstet! Köln und Düsseldorf sind nicht weit, da schwappt schon mal was rüber zu uns hier draußen. Aber hier bei den Pferden ist es echt schön, da kann man den Alltag bestimmt super vergessen."

„Stimmt genau. Das ist einfach unbezahlbar. Aber bist du nicht eigentlich wegen der Arbeit hier?"

Für einen Augenblick guckte Guntram so überrascht, dass Dana lachen musste. „Du bist doch hier, um einen Mörder zu fangen und nicht, um Wellness auf dem Ponyhof zu treiben. Das ist nämlich MEIN Job."

„Meiner auch", erklärte Melanie. „Wobei ich jetzt woanders Wellness treiben werde – bei Egolf nämlich. Faxe braucht neues Mineralfutter, und vielleicht brauche ich ja auch irgendwas."

„Guck doch bitte mal nach Fliegendecken zum Reiten, da hätte ich gern eine neue."

Guntram wunderte sich über fast gar nichts mehr. Dass Fliegen neuerdings Decken bekamen, konnte ihn nicht erschüttern. Er war hier draußen, in einer wunderbar ländlichen Umgebung mit einer tollen Frau, die ihn anscheinend auch nicht ganz so furchtbar fand. Trotzdem fragte er.

„Egolf? Das ist doch dieser Riesenladen für Reitsportbedarf in Diepenrath, nicht?"

„Ja genau. Da gibt's alles, und das in allen Farben", sagte Dana glücklich.

Nachdem Melanie ins Auto gestiegen war, warf sich Guntram in die Brust: „Apropos Wellness – was hältst du von einem Deal? Ich miste deine Box aus und du versorgst die Staatsgewalt mit Informationen!"

„An was für Informationen dachtest du denn da so?", erkundigte sich Dana. Der Schlüssel in ihrer Tasche fiel ihr ein. Aber sie wollte so gern selbst ermitteln!

„Geheimes Insiderwissen über Pferde, zum Beispiel. Warum kacken die eigentlich so viel und vor allem überall hin?"

„Das ist ein Geheimnis, das ich nicht ohne weiteres preisgeben kann. Was müsstest du denn sonst noch wissen?"

„Ralph Reißmann. Wie viele Pferde hatte er? Und was weißt du über ihn und seine Verbindung zu Kiki Peters?"

„Hey, könnt ihr beiden bitte mal Platz machen? Gerade ist die neue Stute angekommen. Sie soll in die Box gegenüber von Pfridolin", rief Kiki von weitem. Das war perfektes Timing, denn so wurde Dana von ihrem latent schlechten Gewissen, den Spindschlüssel betreffend, abgelenkt. Guntrams Frage ging ihr durch den Kopf. Eine Verbindung zwischen ihrer angebeteten Reitlehrerin Kiki und dem widerlichen Ralph Reißmann? Kiki und Ralph??? Undenkbar, hätte sie früher gedacht. Aber man kann den

Leuten ja immer nur vor den Kopf gucken. Vielleicht ging es ja „nur" um Geld.

Kiki führte eine hübsche schwarzbraune Stute in die Box. „Ein neues Berittpferd?", fragte Dana. Sie erfuhr, dass die Stute nur kurz bleiben sollte, „zur Hau-Ruck-Ausbildung", wie Kiki mit einem grimmigen Lächeln erklärte. Komisch, davon hatte Kiki bisher noch nie etwas gehalten. Aber vielleicht gingen die Geschäfte so schlecht, dass sie ihre Prinzipien über Bord werfen musste.

Eigentlich komisch. Sie hatte sich nie Gedanken darüber gemacht, wie Kiki ihr Geld verdiente. Der Petershof gehörte ihren Eltern – vielleicht zahlten die ihr ja für die Mithilfe im Stall ein Gehalt. Hinzu kam der Reitunterricht. Ob man sich mit den paar Reitstunden auf Schul- und Privatpferden eine goldene Nase verdienen konnte? Dana bezweifelte es. Wahrscheinlich hatte Kiki auch Pferde in Kommission genommen, also passende Käufer dafür gesucht, und an der Vermittlung verdient. Auf Turnieren war sie nie gestartet, weil sie sich der klassischen Reiterei verschrieben hatte und das sportorientierte Reiten ablehnte. Dabei kamen die Pferde zu kurz, wie Melanie und Dana ebenfalls fanden. Wenn so ein junges Pferd, das noch voll im Wachstum stand, zum Teil schon mit zweieinhalb Jahren angeritten wurde, damit es mit drei und vier Jahren Prüfungen gehen konnte, für die weder Muskulatur noch Skelett ausgelegt waren – geschweige denn die Psyche -, dann war das alles andere als pferdegerecht. Hinzu kam die Reitweise, bei der viel zu oft viel zu stark mit der Hand eingewirkt wurde, damit die Pferde optisch gefällig den Kopf herunternahmen. Im

Extremfall nannte man das Rollkur. Es gab auch Leute, die dazu Tierquälerei sagten. Dana und Melanie zum Beispiel.

Auf das schnelle Geld musste Kiki also verzichten, hatte dafür aber zufriedene, langjährige Kunden und Kundenpferde, die eine reelle Ausbildung genossen, weil ihre Besitzer bereit waren, die dafür nötige Zeit zu investieren. Aber vielleicht genügte ihr das nicht? Vielleicht brauchte sie auch Geld – Dana erinnerte sich an verschiedene teure Tierarzttermine, die Kikis Pferde in der letzten Zeit gehabt hatten. Da war vielleicht die Versuchung groß, gemeinsam mit einem Profi Geschäfte zu machen, der es mit dem Verantwortungsbewusstsein und möglicherweise auch mit der Ehrlichkeit nicht allzu genau nahm.

„Eigentlich ein Berittpferd von Ralph, aber da die Stute nun mal hier ist, wollte ich sie auch nicht zurückschicken. So scheu und unsicher wie sie ist, war man wahrscheinlich nicht immer nett zu ihr."

„Wer kümmert sich jetzt eigentlich um Herrn Reißmanns Angelegenheiten?", wollte Guntram wissen.

„Die Pferde versorge ich, so gut es geht. Wer sich um den Rest kümmert und was das so alles ist, weiß ich nicht." Kiki zuckte mit den Achseln.

„Sie wissen auch nicht zufällig, ob Herr Reißmann Angehörige hatte?"

„Ich glaube, seine Eltern leben noch", überlegte Kiki. „Und es gibt wohl einen Bruder, zu dem er aber keinen Kontakt mehr hat. Und diverse Ex-Freundinnen, die alle sauer auf Ralph waren."

„Wieso das?"

„Lassen Sie es mich so formulieren: Die wenigsten Frauen wissen es zu schätzen, wenn sie ihren Freund großzügig finanziell unterstützen und nach kurzer Zeit feststellen, dass sie mit dieser wirren Idee nicht allein sind. Ralph fand anscheinend, dass mehrere Freundinnen besser sind als nur eine Freundin. Da er nicht übermäßig geschickt im Vertuschen war oder vielleicht auch, weil er die Gefahr liebte, kamen ihm die Frauen schnell auf die Schliche." Kiki schlug sich die Hand vor den Mund. „Oh Gott, meinen Sie, es war eine Ex-Freundin von ihm?"

„Möglich ist alles", rutschte es Dana heraus. „Wieso weißt du eigentlich so viel über ihn? Warst du… hattet ihr…"

„Nein, wir waren nicht und wir hatten auch nicht. Wir waren Kollegen und haben manchmal zusammen-gearbeitet."

Prima, damit waren Guntrams Fragen beantwortet und auch Dana wusste Bescheid. Sie fragte Kiki pro forma, ob sie noch Hilfe mit der neuen Stute oder bei sonst irgendwas benötigte, was diese verneinte, und holte eine Schubkarre, damit Guntram sein Hilfsangebot in die Tat umsetzen konnte. Kiki sah auf die Uhr und entschuldigte sich mit dem Hinweis, sie müsse jetzt Reitunterricht geben und die ersten Reitschüler würden gleich eintreffen.

Das war eigentlich die Gelegenheit, Guntram etwas mehr über Pferde zu erklären und gleichzeitig bei seinen Ermittlungen dabei zu sein, dachte Dana. Ausmisten konnte er danach immer noch. Laut sagte sie: "Dürfen wir zugucken? Ich finde es immer so toll, wie du deinen Schülern den Umgang mit den Ponies erklärst."

„Klar", Kiki wandte sich um und ging vor. *So richtig freut die sich ja nicht*, dachte Dana. *Liegt es an mir oder daran, dass Guntram Polizist ist?*

In der nächsten Sekunde fuhr ein teurer SUV mit quietschenden Reifen auf den Hof. *Ein Verrückter*, dachte Dana. So auf den Parkplatz eines Reitstalls zu fahren war mehr als gefährlich. Im Stall war der übliche Trubel. Auf dem Parkplatz standen Autos, aus denen Kinder und Erwachsene quollen, Pferde wurden geführt, Menschen standen herum und unterhielten sich. Der rotgesichtige, dickhalsige Fahrer stieg aus, knallte die Tür zu und brüllte: „Wo ist das Schwein? Ich bring ihn um!" Dana musste an sich halten, um den Choleriker, der jetzt neben seinem teuren Fahrzeug stand, nicht ebenfalls anzuschreien.

Guntram, wieder ganz Polizist, ging zu dem tobenden Menschen, der genauso aussah, wie Dana sich einen Metzger mit dreißig Jahren Berufserfahrung vorstellte, und versuchte, ihn zu beruhigen. Dana konnte nur Wortfetzen verstehen: "Ralph Reißmann… gekauft… hat mich betrogen… wusste nicht, dass es gestohlen war… Polizei… hat mich behandelt wie einen Schwerverbrecher…" und ganz zum Schluss der Aufschrei: „Und wer ersetzt mir jetzt meinen Schaden? Es ist ja nicht nur das Geld, aber im Golfclub lachen alle über mich! Ich kann mich doch nirgends mehr blicken lassen!"

Gute Güte. Nicht, dass Dana der zornige Herr, dessen Gesichtsfarbe mittlerweile ins Purpurne spielte, sonderlich sympathisch gewesen wäre, aber Ralph hatte es anscheinend wirklich rausgehabt, wie man Leute über den Tisch zieht und sich aber mal so richtig unbeliebt macht.

Guntram zog seinen Notizblock aus der Tasche und begann, sich Notizen zu machen. Das kam Dana bekannt vor und sie musste grinsen. Genau in dem Moment sah Guntram hoch und grinste zurück. Huch. Dana kam sich ertappt vor und schlenderte lieber zum Reitplatz, wo sie Kiki beim Unterricht zusah.

Nach der Reitstunde kamen Dana und Kiki ins Gespräch. Dana war – wie eigentlich immer – begeistert davon, wie Kiki ihren Reitschülern und Reitschülerinnen den Umgang mit dem Pferd erklären konnte. Im Reitunterricht hatten ihre Schüler auf nette, entspannte Art Erfolgserlebnisse, Druck und Krampf gab es dabei nicht. Kein Wunder, dass die Pferde einen so gelassenen, entspannten Eindruck machten. Kiki freute sich zwar über das Lob, machte aber immer noch einen unentspannten Eindruck. Das ist aber vielleicht ganz normal, wenn man gestern die Leiche eines Kollegen gefunden hat, dachte Dana.

Als die beiden am Parkplatz vorbeikamen, sprachen Guntram und der Fremde immer noch miteinander. Nur, dass es dieses Mal eine entspannte Unterhaltung über Biofleisch und artgerechte Tierhaltung war. Das musste man ihm wirklich lassen, Guntram war einfach nur nett und tiefenentspannt, aber dabei nicht doof. Durch seine sympathische Art kam er anscheinend mit fast jedem klar. Ob das vielleicht nur eine Masche war? Dana erinnerte sich daran, dass sogar der schlechtgelaunte Polizist von gestern zuletzt nicht mehr ganz so griesgrämig geguckt hatte.

Dana erzählte Kiki, wie aggressiv Ralphs vermutlich letztes Betrugsopfer auf den Parkplatz gefahren war und wie handzahm der Mann jetzt war. Kiki wusste zu berichten, dass der Vater eines ihrer Reitkinder ebenfalls nicht gut auf Ralph zu sprechen gewesen war. Die kleine Emily hatte vor einigen Tagen zuhause unter Tränen erzählt, dass Ralph böse zu ihr gewesen war, und Emilys Vater hatte daraufhin erklärt, er würde dem Kerl den Hals umdrehen. *Oha, noch ein Verdächtiger,* dachte Dana beeindruckt.

Als sich im weiteren Verlauf des Gesprächs allerdings herausstellte, dass Kiki durch geschickte Fragetechnik herausgefunden hatte, dass Ralphs einziges Verbrechen in diesem Fall darin bestanden hatte, die kleine Emily nicht auf seinem jungen Springpferd reiten zu lassen, relativierte sich das schnell. Auch Emilys Vater hatte das schließlich eingesehen. Das wäre ja auch zu einfach gewesen, dachte Dana enttäuscht. Ein potenzieller Mörder weniger. Kiki ging weiter und Dana wollte jetzt endlich die Box ausmisten.

Endlich fuhr der nun nicht mehr rotgesichtige Mann vom Parkplatz und Guntram kam zu ihr.

„Interessanter Mensch. Der hat hier in der Gegend einen Biobauernhof und schlachtet auch selbst."

„Aha", Dana nickte abwartend.

„Joah, hätt ich auch nicht gedacht, dass man damit soviel Geld verdienen kann, dass das für so ein dickes Auto und zum Golfspielen reicht. Hat wohl 'ne reiche Frau geheiratet, denk ich mir."

„Und sonst so?"

„Der schlachtet selbst. Das muss sich mal vorstellen. Die Tiere haben ein schönes Leben und sterben auf dem

Hof und müssen nicht auf irgendwelche Schlachttransporte."

„Ja schon. Aber wollte er nicht auch Ralph umbringen?", erinnerte Dana.

„Ja, ach das. Das hat er nicht so gemeint."

„Dann ist ja gut. Wie hat er das denn gemeint?"

Guntram hatte ja wirklich die Ruhe weg, und Dana wollte doch so gern jetzt sofort und in dieser Sekunde alles wissen.

„Der Herr Reißmann hat ihn wohl betrogen und ihm ein Pferd verkauft, das in Wirklichkeit gestohlen war."

„Nein! Sensationell! Sowas gibt's doch sonst nur in Büchern!"

„Doch, das gibt es wohl auch in der Realität. Der arme Mann musste das Pferd zurückgeben und hat sich wohl zum Gespött der Nachbarschaft gemacht. Die haben gleich gesagt, dass er die Finger von dem Gaul lassen soll, weil damit was nicht stimmt, und lachen sich jetzt natürlich tot. Außerdem war das Pferd nicht für ihn, sondern für die Tochter, und die ist jetzt mit den Nerven fertig. War ganz verliebt in das Tier, sagt er. Erst hat sie Rotz und Wasser geheult und jetzt spricht sie mit keinem mehr, und das schon seit Wochen."

„Oje, das arme Mädchen. Ich kann verstehen, dass der Vater einen Riesenhals auf denjenigen hat, der ihm und der Tochter das angetan hat."

„Ich sag's dir. Und ein echt netter Mensch ist das sonst."

„Ralph hatte es aber wirklich raus, wie man sich Feinde macht. Kiki hatte vorhin auch noch was von einem Vater erzählt, der Ralph umbringen wollte. In dem Fall war Ralph aber anscheinend unschuldig."

„Dann geh ich wohl mal besser zu eurer Kiki und lass mir die Geschichte ausführlich erzählen. Könnte für die Ermittlungen auch wichtig sein. Wir gucken uns jedes Puzzleteilchen an."

„Klar. Ich bin ja auch schon groß und kann alleine misten."

„Och Mensch. Ich hatte das doch versprochen." Guntram sah so bedröppelt aus, dass Dana lachen musste.

Die neue Stute hatte sich bis zum nächsten Morgen nicht gemuckst, was ich sehr schade fand. Sie hatte sich schüchtern im hinteren Bereich ihrer Box versteckt. Viel konnte man nicht von ihr sehen - eigentlich nur dunkelbraun vor einem dunkelbraunen Hintergrund. Im Schatten. Wenn sie nicht diese entzückende kleine Blesse auf der Oberlippe gehabt hätte – wir Fachleute nennen das „Schnippe" – wäre sie quasi unsichtbar gewesen. Gesprächig war sie nicht. Dafür hatte ich Verständnis, denn sie war offensichtlich noch sehr jung und schüchtern. Das erkannte ich äußerst scharfsinnig daran, dass sie weder mit Faxe noch mit Companero oder mir sprechen wollte. Als Detektiv bin ich einfach ein Naturtalent, dass muss mir der Neid lassen.

Später auf der Weide kam Faxe zu mir und vergewisserte sich, dass kein anderer in der Nähe war.

„Du hör mal", begann er. „Es ist wegen Companero."

„Sag doch Karl-Egon zu ihm. Der alte Angeber. Und dann dieser lächerliche Akzent."

Ich war immer noch neidisch. Er hatte eine Mähne und ich nicht. Die Frauen standen auf ihn, und bei mir war es nicht ganz so, um es mal vorsichtig auszudrücken. Das wurmte mich, und Faxe wusste es auch. Deshalb kam er mir jetzt mit der Sozialarbeiternummer.

„Das ist es ja. Er kann gar kein richtiges Deutsch. Er und seine Mutter sind aus Spanien nach Deutschland gezogen, als er schon groß war, und deshalb hat er auch diesen Akzent. Er hat immer so getan, als wäre es ein Spaß, aber in Wirklichkeit ist es ihm total unangenehm. Er würde das aber nie zugeben."

„Muss ich jetzt etwa nett zu ihm sein? Ich konnte ihn eigentlich noch nie leiden", sagte ich missmutig.

„Du weißt doch, was für ein Supermacho er ist. Er fände es furchtbar, wenn irgendjemand Mitleid mit ihm hätte. Was würden denn dann die Chicas von ihm denken?"

„Hehe, stimmt. Prima, ich kann also so weitermachen wie bisher. Und wenn er mir Peppy ausspannt, ist sowieso was los. Da kann er wegen mir aus China oder sonstwoher kommen. Ach nee, lieber nicht China. Nachher kann er noch Feng Shui oder wie das heißt."

„Und von wegen ausspannen – bisher bist du der Einzige, der denkt, ihr hättet was miteinander", erinnerte mich Faxe.

„In diese Richtung stelle ich jetzt weiterführende Ermittlungen an. Ich bin nämlich Detektiv, comprende?", erwiderte ich lässig und schlenderte zum Zaun der Stutenweide.

Peppy war schon da, aber leider auch Companero. Konnte einen der furchtbare Kerl denn nie in Ruhe lassen? Und wieso textete er meine Stute zu? Und der schien es auch noch zu gefallen! Weiber. Zutiefst enttäuscht und schlechtgelaunt wandte ich mich ab. Als ich einen letzten, verächtlichen Blick zurückwarf, sah ich Lisette, die in der Nähe des Zauns graste und mir zuzwinkerte. Ich guckte nochmal genauer hin und sie zwinkerte wieder. Na ja, soooo schlecht sah Lisette eigentlich gar nicht aus, wenn man es sich genau überlegte. Und nett war sie auch. Ich schlenderte zurück.

„Moin! Ich kann dich gar nicht richtig sehen, weil ich was im Auge habe und immer zwinkern muss."

Prima. Heute war echt nicht mein Tag.

„Selber Moin! Gibt's was Neues bei euch? Irgendeine Idee, wer Ralph umgebracht haben könnte?"

„Stimmt, du bist ja immer noch auf Mörderjagd. Nö, sorry. Keine Idee. Ralphs Pferde sind der Ansicht, der Mörder hätte uns allen einen Gefallen getan. Vor Turnieren mussten sie immer komisches Pulver essen und bekamen manchmal auch Spritzen. Einmal hat er ihnen sogar die Beine mit einer Salbe eingerieben, so dass die höllisch brannten. Ich find's echt nicht schade um ihn."

„Wer kümmert sich jetzt eigentlich um Ralphs Pferde?"

„Kiki macht das. Die hat Ralph wohl früher auch schon mal geholfen."

Das überraschte mich. Ich hatte Kiki immer für nett und freundlich gehalten. Sie schien ein gutes Händchen für Pferde zu haben und war immer fair zu uns. Ich teilte

Lisette meine Gedanken mit. Die sah mich an, als wäre mir ein Sack Möhren aus dem Kopf gewachsen.

„Du bist doch sonst nicht so blöd. Eigentlich hatte ich dich immer für ein kluges Kerlchen gehalten."

Das Gespräch nahm eine komische Richtung, fand ich. Erwähnte ich bereits, dass ich bisher nicht allzu viel Glück in der Liebe hatte? Zum einen natürlich aufgrund der Tatsache, dass man mich in meiner Jugend um Körperteile beraubt hat, an denen ich aus persönlichen Gründen sehr hing, zum anderen stehen die Mädels wohl nicht auf kluge und nur manchmal charmante Männer. Die wollen anscheinend lieber so einen wie Companero, der sich in Testosteron wälzt und ihnen stundenlang was vorsülzt. Ich weiß gar nicht, was er den Mädels erzählt. Ich hab mal versucht, ihm zuzuhören, aber dann zum Glück Tinnitus gekriegt.

Und jetzt auch noch Lisette.

„Wie meinst du das?", fragte ich misstrauisch.

„Denk doch mal nach. Wer hat die Leiche gefunden und warum?", sagte sie und entschwand zu ihrer Herde.

Blöde Frage. Ich hatte die Leiche gefunden, weil Faxe und ich von Oleg von der Wiese geholt wurden und weil Faxe nur Augen fürs Gras hatte.

7. Kapitel, in dem die Frau arbeitet und mein Hilfsdetektiv auf Abwege gerät

„Herbert, könntest du vielleicht mal an dein Telefon gehen? Es hört ja gar nicht mehr auf zu klingeln!"

Keine Reaktion. Herbert Dinkelfuss war in das Sudoko-Heft vertieft, das zur Hälfte unter seiner PC-Tastatur herausragte. Dana hatte ihn im Verdacht, im Büro Ohropax zu tragen. Sie bewarf ihn mit einem Papierbällchen. Herbert schreckte hoch und verschüttete seinen Kamillentee.

„Was soll denn das? Ich versuche, mich zu konzentrieren, und dann bewirfst du mich! Ich hab hier alles voll Kamillentee. Ich hätte Verbrennungen kriegen können! Das ist in den USA schon mal passiert, da musste McDonalds's richtig viel Schmerzensgeld zahlen!"

„Ach Herbert, konzentrier dich doch mal auf dein Telefon! Was ist eigentlich gestern bei Fassbenders rausgekommen?"

„Wie rausgekommen?"

„Na, du hattest doch den Termin da, wegen einer neuen Beschwerde!"

„Schon erledigt, schon erledigt. Jetzt lass mich mal in Ruhe hier saubermachen, das ist ja alles städtisches Eigentum!"

Dana seufzte und sortierte die Beschwerdebriefe, die heute mit der Post gekommen waren. Mehrere Autobesitzer hatten sich über Friedhelm Brösmann und seine selbstgebastelten Knöllchen beschwert. Nicht verwunderlich, fand Dana. Dann waren da noch jede Menge Beschwerden über das geplante Einkaufszentrum und ein mit kitschigen Blümchenaufklebern verzierter Briefumschlag, der „an den lieben Herrn Dinkelfuss" adressiert war.

„Herbert, für dich!", rief Dana gutgelaunt und warf ihm den Briefumschlag ins Posteingangskörbchen. Herbert wechselte die Gesichtsfarbe nach tiefdunkelrot.

„Och nö, nicht schon wieder!"

„Wieso, was ist denn?"

„Das ist wieder so ein Liebesbrief. Mit Schweinkram drin."

„Im Ernst?", staunte Dana.

„Doch, ich kenn die. Die Frau schreibt mir mindestens einmal pro Woche. Immer mit so Aufklebern und Herzchen auf dem Briefumschlag. Sie will meinen Körper, sagt sie."

Dana täuschte einen Hustenanfall vor und rannte aus dem Büro. Herbert hatte eine Verehrerin, das war ja schon unglaublich genug. Die ihm schmutzige Briefe schrieb! Sie lachte, bis ihr die Tränen kamen. Als sie sich wieder beruhigt hatte, ging sie zurück ins Büro, wo sich Herbert gerade in einem Handspiegel betrachtete.

„Doof, so'n Husten. Hatte ich auch mal ganz schlimm. Bei mir war das mehr wie Asthma. Ich musste auch zur Kur damit. Sag mal, findest du nicht auch, dass ich ein markantes Kinn habe?"

Auf die Idee wäre Dana nicht gekommen.

Herbert wollte auch gar keine Antwort, sondern fuhr fort: "Irgendwie hat sie ja schon Recht, die Corinna. Männlich-entschlossen, so sehe ich aus."

„Ach, Corinna heißt sie?", fragte Dana vorsichtig und wusste nicht so recht, wohin sie gucken sollte. Sicherheitshalber sah sie weiter ihre Post durch, das war wenigstens vertrautes Terrain. Dass Herbert eine Verehrerin haben könnte, war genauso unvorstellbar wie ein Backenhörnchen als Papst. Ihr Gegenüber hatte inzwischen angefangen, sich mit der Büroschere die Nasenhaare zu schneiden. Danach lochte er den bunt beklebten Brief akkurat und heftete in fein säuberlich in einen Aktenordner, der mit ähnlichen Schriftstücken gefüllt war. Für Dana sahen die abgehefteten Briefe alle gleich aus – Corinna war anscheinend ein großer Freund von Herzchen und Tierbildern. Und offensichtlich meinte sie es ernst.

Herberts sah noch einmal in den Handspiegel und musterte seinen neuen braunen Pullunder kritisch. Dann legte er den Spiegel weg, schnitt aus Corinnas Briefumschlag fein säuberlich die rechte obere Ecke mit der Briefmarke ab und legte sie in die dafür vorgesehene Schreibtischschublade.

„Für meine Sammlung", erklärte er.

„Ah", nickte Dana tapfer. Einerseits bewunderte sie ja die wundervollen Mächte des Schicksals, die sogar für Herbert ein Gegenstück gefunden hatten, andererseits erschauerte sie bei dem Gedanken, was für romantische Verwicklungen sich daraus ergeben mochten. Bestimmt brannte Herbert schon darauf, der unbekannten Corinna seine Briefmarkensammlung zu zeigen. Die nachdenkliche Stille wurde durch das Klingeln des Telefons unterbrochen. „Beschwerdestelle Meisenwald, mein Name ist Dana Dirksen. Was kann ich für Sie tun? ... Soso ... falsch geparkt... Knöllchen ... ich verstehe ... Herr Brösmann – ja, den kenne ich ... verteilt nicht nur Knöllchen, sondern hat jetzt auch einen Abschleppdienst???"

Was meinte Lisette nur? Wieso sollte es wichtig sein, wer die Leiche gefunden hatte? Ich senkte meine Nase ins Gras. So richtig schmeckte es mir nicht, weil ich angestrengt nachdachte. Companero stolzierte vorbei und zischte mir ob meiner nachdenklichen Miene – und natürlich aus gekränkter Eitelkeit - ein akzentfreies „Du Weichei!" zu. „Peppy wollte nicht mit dir sprechen, stimmts? Die steht nämlich auf Leute, die auch was im Kopf haben. So wie mich!", höhnte ich und machte mich beschwingt auf den Weg zur Stutenweide. Wenn Companero jetzt endlich fertig mit Baggern war und sich eine tüchtige Abfuhr eingeholt hatte, konnte ich Peppy erzählen, dass ich der lässigste und coolste Detektiv weit und breit war und soeben einen Mordfall aufklärte. Von der harten Macho-Masche versprach ich mir am meisten, dazu gehörte aber noch ein bisschen James-Bond-mäßiger Charme. Ich war begeistert von mir und meinem neuen Image.

Weit kam ich allerdings nicht. Faxe sprach mich an, als ich an ihm vorbeikam. Irgendetwas schien ihn zu beschäftigen. Das war ungewöhnlich, vor allem, wenn es Gras gab.

„Du Pfridolin", begann er und druckste dann herum. Jetzt kam der Kerl nicht aus dem Quark, wo ich es doch eilig hatte und mich dringend mit der heißen Perle von nebenan treffen wollte.

„Los jetzt, ich hab's eilig!", kommandierte ich.

„Wenn man ein Geheimnis kennt – also ein richtig geheimes Geheimnis – und versprochen hat, dass man es niemandem erzählt …". Jetzt kam wieder nix mehr.

„Boah Faxe, jetzt mach es nicht so spannend. Du kennst ein Geheimnis, wir sind Detektive und ich bin dein Chef. Also raus damit, und zwar fix. Ich hab keine Zeit zum Trödeln!"

Verstocktes Schweigen war die Antwort.

„Kann ja dann nicht so wichtig sein. Ich bin dann mal weg, zur Stutenweide!"

Nach einigen Metern – ich hatte es schließlich eilig – hörte ich Faxe, der mir nachrief, das würde mir noch leidtun. Und wer sein Chef wäre, darüber würde er sich nochmal Gedanken machen. Er könne sich durchaus vorstellen, seine eigene Privatdetektei aufzumachen.

Sollte er doch. Mit so einem Sensibelchen konnte ich nicht arbeiten. Das war nicht das Holz, aus dem kernige Privatdetektive wie ich geschnitzt waren. Gut gelaunt hüpfte ich weiter und baute schon mal ein paar Tritte Piaffe und Passage ein, damit Peppy schon von weitem sehen konnte, was für einen tollen Hecht sie gleich näher kennenlernen würde.

Natürlich stand nicht nur Peppy am Zaun, nein, Lisette war auch da und grinste mich spöttisch an. Meine Wiedersehensfreude hielt sich also in Grenzen und unsere Begrüßung fiel entsprechend kühl aus.

„Tach."

„Tach."

„Hallo, schöner Fremder!" Das war Peppy.

„Wir kennen uns. Ich bin Privatdetektiv und ermittle in einem Mordfall."

„Ich weiß", gähnte Peppy. „Hab nur Spaß gemacht."

„Sehr komisch. Weißt du denn auch, dass hier ein Mörder frei rumläuft und wir vielleicht alle in Gefahr sind?" Ich gebe zu, das war übertrieben, aber ich wollte dieses coole Biest unbedingt beeindrucken.

„Ach Pfridolin. Ralph ist tot, und das ist wahrscheinlich gut so. Geh Gras essen und entspann dich", kam von Lisette.

„Ich finde es wichtig, dass der Mord aufgeklärt wird. Die Menschen sind noch unkonzentrierter und unaufmerksamer als sonst, und ich möchte es einfach nicht riskieren, dass wir abends in der Box sind und kein Futter bekommen. Zum Beispiel. Das bin ich ja schon Faxe schuldig. Oder dass wir vielleicht nicht mehr auf die Weide kommen, weil alle an etwas anderes denken. Menschen sind so."

Lisette dachte kurz nach. „Weißt du was, ich glaube, du hast recht. Die Menschen sind ja wirklich komisch. Vielleicht ist das gar keine schlechte Idee von euch."

„Von mir!" warf ich mich in die Brust. „Es war ganz allein meine Idee. Deshalb bin ich ja auch der Chef-Ermittler!"

„Na dann ermittle mal schön", meinte Peppy, die offensichtlich nicht überzeugt war. „Ich lauf solange rüber auf den Hügel. Von da kann ich den netten Wallach auf der übernächsten Weide besser sehen!"

John-Boy. Mit ohnmächtiger Wut musste ich mitansehen, wie meine superschicke Angebetete weggaloppierte, damit sie einen senilen alten Wallach besser sehen konnte, der ihr aus der Ferne feurige bis unanständige Komplimente machte.

Lisette und ich sahen uns an. Wenn sie gekonnt hätte, hätte sie mit den Schultern gezuckt. Aber auch so sprach ihr Blick Bände.

„Ich geh dann mal wieder, ermitteln und so", sagte ich.

„Ja, gute Idee. Dann kommst du wenigstens nicht auf noch blödere Ideen."

Was sollte das denn nun wieder? Für blöde Sprüche und geistreiche Bemerkungen war immer noch ich zuständig, wieso machte mir Lisette mit einem Mal mein humoristisches Monopol streitig? Und überhaupt. Lachen wird doch völlig überbewertet. Missmutig stapfte ich vom Zaun weg und versuchte mir einzureden, dass ich nur deshalb schlechte Laune hatte, weil das Gras am Zaun komplett niedergetrampelt war.

Dana blickte traurig auf das orange Tablett vor ihr auf dem Tisch.

„Gab es wirklich nur eine Portion Apfelmus zu den Reibekuchen?"

„Für dich, holde Lieblingskollegin, ergattere ich auch eine zweite. Ich werde mich furchtlos zu unserer Kantinenwirtin begeben und für dich kämpfen!" Markus stand vor ihr und fuchtelte dramatisch mit seinem Besteck.

Eigentlich hatte Dana gar nicht in die Kantine gehen wollen, weil sie einen Prospekt für Pferdezubehör in der Post gehabt und ins Büro mitgeschleppt hatte. Sommerschlussverkauf, obwohl der Sommer noch nicht angefangen hatte – das war praktisch, weil Pfridolin eine neue Fliegendecke bekommen sollte. Und vielleicht noch die ein oder andere Schabracke – es gab da so schöne Farben... oder ein neues Halfter? In Pink vielleicht?

Anders als sonst hatte Herbert das gemeinsame Büro aber noch nicht verlassen, und Dana sehnte sich nach menschlicher Ansprache. Von daher hatte sie sich nicht lang gewehrt, als Markus sie zum Mittagessen in die Rathauskantine locken wollte. Markus und sie kannten sich schon ewig. Sie hatten gemeinsam die Ausbildung gemacht, den kurzen Versuch einer Beziehung unternommen und nach einer Woche beschlossen, dass es besser wäre, das mit dem Sex zu lassen und dafür ein Leben lang beste Freunde zu sein. Wenn Dana ehrlich war, lag es hauptsächlich an Markus, dass ihr braunpullundriger Zimmergenosse sie noch nicht vollständig in den Wahnsinn getrieben hatte.

„Ta-dah!" Mit großer Geste stellte ihr Lieblingskollege das Apfelmus auf den Tisch.

„Mein Held!", himmelte Dana ihn an und machte sich über ihre restlichen Kartoffelpuffer her. Sie liebte Kartoffelpuffer, aber nur mit Apfelmus.

„Weißt du eigentlich, dass Herbert eine Verehrerin hat?", fragte sie mit vollem Mund. Markus guckte ungläubig. „Da brauchst du gar nicht so zu gucken. Sie schreibt ihm feurige Liebesbriefe und will seinen Körper."

Markus war ein wenig neidisch.

„Ich kriege nie unsittliche Anträge", beklagte er sich. „Das ist doch diskriminierend."

Dana lachte und fragte: „Und sonst so?"

„Och, der ganz normale Wahnsinn. Der Bürgermeister will die Leute vom Denkmalschutz zwingen, für die Häuser auf der Wassergasse eine Abrissgenehmigung zu erteilen, damit es endlich mit dem Einkaufszentrum losgehen kann."

„Wie endlich? Wie losgehen? Die Pläne für das Ding gibt's doch erst seit ein paar Tagen!"

„Das ist zumindest die offizielle Version", grinste Markus.

„An deiner Stelle würde ich leiser sprechen. Was du da andeutest, grenzt ja an Gotteslästerung."

Bürgermeister Klingebiel hatte sich den Ruf, eitel und rachsüchtig zu sein, hart erarbeitet. In einer Kleinstadt wie Meisenwald blieb ja eigentlich nichts lange geheim, und so wussten auch Dana und Markus, dass sich sein letzter persönlicher Referent nach einer unvorsichtigen Äußerung über das damalige Lieblingsprojekt seines Chefs von einem Tag auf den anderen als Hundesteuerkontrolleur im Steueramt wiedergefunden hatte. Der Ex-Referent war sehr tapfer und humorvoll, hatte den Schock aber immer noch nicht ganz überwunden; vor allem, weil seine Kontakte zur Bevölkerung bis dahin auf ein freundschaftliches Miteinander beschränkt waren und er es bisher nur selten mit großen, böse dreinblickenden Hundebesitzern und großen, böse dreinblickenden Hunden zu tun gehabt hatte. Seine Zeit im 100-Meter-Sprint hatte sich allerdings merklich verbessert. Oder der Leiter des Heimatmuseums, der jetzt bei der Müllabfuhr arbeitete. Sein Verbrechen hatte darin bestanden, des Bürgermeisters Wunsch nach einem Denkmal oder zumindest einer Plakette im Kulturausschuss abschlägig zu kommentieren.

„Ich weiß es zu schätzen, dass du dich um mich sorgst. Aber eigentlich bin ich ein viel zu kleiner Fisch und weiß auch zu wenig", erwiderte Markus, nun mit leiserer Stimme. „Aber böse Zungen behaupten, dass sich der Schwager unseres Bürgermeisters mit Hilfe von dubiosen Geschäftsfreunden schon längst die Häuser auf der Wassergasse unter den Nagel gerissen hat, damit er die Grundstücke an den französischen Investor, der das Einkaufszentrum betreiben will, teuer weiterverkaufen kann. Der Herr Schneyder soll sehr geschäftstüchtig sein."

„Und der Bürgermeister hätte sein Denkmal. Und wer weiß, was sonst noch." Dana war beeindruckt. „Das sind aber doch alles Gerüchte, oder?"

Markus musste zugeben, dass dem so war. Beweise gab es keine.

Im Eingangsbereich gab es Unruhe. Eine aufgeregte junge Frau lief zwischen den Tischen hindurch, bis sie bei Dana und Markus stehen blieb.

„Jessica! Was ist denn los?"

„Herr Dinkelfuss war grade bei mir und hat mir die Einladungsunterlagen für den nächsten jour fixe des Bürgermeisters zum Kopieren gegeben. Ganz viele Pläne und so. Er sagt, er braucht nur fünf Exemplare und es hätte Zeit bis morgen. Sonst sind es aber immer viel mehr Kopien, und der Chef war auch schon da und hat nachgefragt, ob die Einladungen endlich rausgegangen wären. Und der Herr Dinkelfuss ist we-he-heg und ich konnte niemanden fra-ha-hagen", schluchzte die junge Frau.

Dana tätschelte ihr auf dem Rücken herum und guckte Markus solange auffordernd an, bis der endlich ein Taschentuch rausrückte.

„Jessica, du bist ja jetzt schon drei Monate bei uns in der Ausbildung."

Ein bestätigendes Schniefen war die Antwort.

„Und du weißt, dass alle zwei Wochen eine Besprechung mit allen Amtsleitern stattfindet."

„Keine Besprechung. Ein jour fixe", schniefte Jessica.

„Oder meinetwegen auch ein jour fixe, Himmelherrgott nochmal. Wir sind ja hier mindestens genauso großstädtisch wie Düsseldorf oder Köln. Und da brauchen wir immer – immer, hörst du? – 20 Einladungen, inklusive Pläne und allen Zipp und Zapp."

„Der Herr Dinkelfuss hat aber gesagt, fünf reichen."

„Da hat sich der Herr Dinkelfuss eben geirrt. Mach bitte noch 15 Kopien und schick die Dinger weg. Die Adressenliste liegt bei dir auf dem Schreibtisch."

„Echt? Wie ist sie denn dahingekommen?" Jessica staunte und putzte sich die Nase. „Dana, du bist die Größte!"

Dana wehrte die begeisterte Umarmung ab und setzte sich wieder. Jessica verschwand mit großer Geschwindigkeit.

„Da hat dich aber jemand ganz doll lieb", stellte Markus fest.

„Ich mag sie ja auch. Meistens jedenfalls. Und offensichtlich ist sie schlauer als mein Büro-Mitbewohner." *Dazu gehört aber auch nicht allzu viel,* dachte sie. Markus war auch höflich und sagte nicht, was er dachte.

„Ich geh dann wohl mal wieder ins Büro, Jessica moralisch unterstützen. Sicher hat Herr Beutell von der Baufirma auch noch dringende Fragen, die nur ich ihm beantworten kann. Der ruft neuerdings dauernd an. Ich weiß gar nicht, warum."

„Besser, du hältst dich nach Möglichkeit von ihm fern. So ganz geheuer ist mir das alles nicht", orakelte Markus. Dana gab zu, dass sie da ganz ähnlich dachte, brachte ihr Essenstablett weg und ging erstmal in ihr eigenes Büro, bevor sie nach Jessica sah, die im Nachbarzimmer untergebracht war und jetzt hoffentlich hektisch kopierte.

8. Kapitel, in dem ich allein weiter ermittele und die Frau immer noch im Büro ist

Gottseidank hatte ich schnell woanders eine leckere Stelle gefunden und rupfte hektisch an den zarten Grashalmen herum. Dieses Teufelsweib! Wäre sie nicht so hübsch gewesen und hätte sich nicht auch unser Vorzeige-Macho Companero mit seiner Wallemähne an ihr die Zähne ausgebissen, ich glaube, ich wäre ernstlich frustriert gewesen. Ich ließ es mir gerade so richtig schmecken, als ich einen Rempler in Bauchhöhe spürte. Also da, wo andere Pferde einen Bauch haben. Bei mir ist das ja alles stahlharte Muskulatur. Also fast. Ich sah mich um. Natürlich, es war Blacky. Wo kam das kleine weiße Untier denn jetzt schon wieder her?

Meine Bauchmuskeln zitterten noch kurz nach, da war Blacky schon wieder verschwunden. Der Lkw des Möhrenmanns war nämlich gerade auf den Hof gefahren. Möhren-Willi hatte den Motor seines alten Lasters anscheinend immer noch nicht reparieren lassen. Blacky assistierte ihm regelmäßig bei der Auslieferung der Möhrensäcke bis zur Boxentür und durfte zur Belohnung schon mal tüchtig vorkosten.

Und das war so gekommen: Irgendwann einmal hatte Marie keine Lust gehabt, die Möhren für Companero und Blacky selbst zu schleppen und hatte Blacky versuchsweise mit dem Transport beauftragt. Unter unseren neidischen Blicken wanderte Blacky mit der köstlichen Last aus Maries Kofferraum vorbei an Companeros Box bis zur

Futterkammer, wo er sich zur Belohnung am Möhrensack gütlich tun durfte. Ich glaube, in diesem Moment wollte jeder von uns ein Minishetty sein.

Möhren-Willi, zufällig zur gleichen Zeit am Hof, hatte sich das angeguckt und Marie gefragt, ob er sich Blacky als Transport-Assistenten ausleihen dürfe. Damit verbunden war ein Nebenjob als Möhrenvorkoster und für Marie ein Sack der teuren Willi-Möhren aus eigenem Anbau. „Ohne Chemie, nicht wie die billigen Dinger von Egolf!", hatte Willi gesagt, die Hände in den Taschen seiner Latzhose vergraben. Marie hatte eingewilligt – unter der Bedingung, dass nichts gegen Blackys Willen geschehen dürfe. Seitdem flitzte Blacky wie ferngesteuert auf den Parkplatz, sobald er das heisere Keuchen von Willis Laster vernahm. Solange die Bezahlung stimmte, war Blackys kleine Welt in Ordnung. Auch die Arbeit mit Marie schien ihm Spaß zu machen, wenn ich seinen Gesichtsausdruck richtig deutete. Seinen eigenartigen Dialekt durchschaute ja keiner. Außer Faxe, der ebenfalls aus einer rauhen, winddurchtosten Landschaft kam, aber glücklicherweise zweisprachig war. Ich hatte bei Islandpferden ein ähnliches Phänomen beobachtet. Die verstanden sich auch am besten untereinander. Mit anderen Pferden gab es häufig Krach und Fragezeichen auf der Stirn.

Jetzt, wo Blacky wieder weg war, sah ich mich nach Faxe um. Der hatte seinen gewohnt philosophischen Blick aufgesetzt, war also nicht mehr beleidigt. Prima. Ich steckte die Nase wieder ins Gras. Von der Stutenweide ertönten gruppendynamische Geräusche: Else hatte sich anscheinend bemerkenswert schnell eingelebt und versuchte mit aller Kraft, die neu hinzugekommene Stute zu vertreiben. Gleichzeitig zankte sie sich mit Peppy und Lisette um den Platz als Führungskraft. Sehr lebhaft, die Dame. Und mit schlagkräftigen Argumenten. Ich schätzte ihre Reichweite und Geschwindigkeit ein und beschloss, sie vorerst nicht mehr zu ärgern als unbedingt sein musste.

Danas und Herberts Büro war leer. In der Luft hing noch der Geruch nach einem billigen Aftershave, und im Papierkorb lag ein Briefumschlag mit bunten Klebebildchen und Herzchen drauf. Der Absender war eine gewisse C. Schmitz. Herbert im Rausch der Hormone! Deshalb hatte er sich vorhin mit der Papierschere die Nasenhaare gekürzt. Dana schüttelte sich. Sie wollte sich lieber nicht vorstellen, wie ein zum Äußersten entschlossener Herbert Dinkelfuss um seine Liebste balzte. Sie schloss die Tür von außen und ging zu Jessica. Die hatte gerade den Telefonhörer am Ohr und lauschte hingebungsvoll.

„Ist gut, Herr Beutell, ich richte es Frau Dirksen aus."

Sie guckte Dana groß an, die ausdrucksvoll signalisierte, sie wäre gar nicht da. Jessica verabschiedete sich und legte auf.

„Du möchtest bitte Herrn Beutell zurückrufen. Er hat Fragen zum Brandschutz."

„Und die soll ich ihm beantworten?" Dana war entgeistert. „Ich schreib ihm eine Mail mit Ansprechpartner bei der Feuerwehr."

„Ich glaube, es ging ihm darum, ob für Großprojekte Ausnahmen möglich sind und ob man bei der Feuerwehr oder beim Bauamt ein Auge zudrücken könnte."

So lief also der Hase.

„Ich hoffe doch, dass bei den Bauprojekten von Beutell & Schneyder alles mit rechten Dingen zugeht", sagte Dana.

„Klar, wieso denn nicht?", antwortete Jessica. „Ich fände es toll, wenn wir hier eine richtige Mall hätten. Wie in Köln oder Düsseldorf! Meine beste Freundin Mariella arbeitet bei Herrn Schneyders Sohn in Köln. Der heißt Tom und alle duzen sich da. Total super! Der macht irgendwie so Import und Export und sie hat gar nicht viel zu tun und kann immer shoppen gehen. Das würd ich auch gern!"

„Na ja, soviel zu tun hast du ja auch nicht, außer jetzt gerade im Moment. Wenn du die Einladungen fertig kopiert hast, schickst du sie weg und machst dann früher Feierabend. Dann kannst du dich ja noch mit Mariella in Köln treffen. Und ich gehe zum Chef und sag ihm, dass die Einladungen raus sind. Viel Spaß beim Shoppen und ein schönes Wochenende!" Sprachs und verließ das Büro.

Dieses Erwachsensein machte ja nicht immer Spaß, vor allem, wenn man bei so einer Sache vernünftig tun und Ruhe bewahren musste. Am liebsten wäre sie geplatzt. Erstmal wegen Herbert und dann natürlich wegen Gerard Beutell. *So eine Frechheit! Diese furchtbare Baufirma meint wohl, sie kann sich alles erlauben. Hoffentlich ist bald Feierabend. Und dann endlich Wochenende!* Ihre Gedanken wanderten Richtung Reitstall. Schuldbewusst dachte sie an den Spindschlüssel, den sie seit vorgestern an ihrem Schlüsselbund hatte.

Gleich im Stall würde sie Guntram wiedertreffen und ihm endlich den blöden Schlüssel geben. Sie hatte gestern Abend noch auf eine günstige Gelegenheit gelauert, den Schlüssel bei Ralphs Spinden auszuprobieren, aber immer Pech gehabt. Seit der Cowboy sein Pferd dort einquartiert hatte, war zufällig immer jemand im Stall gewesen, und zwar deutlich mehr Frauen als Männer. Was die bloß alle an dem fanden? Er konnte ja ganz nett sein, hatte aber ein angeborenes Talent dafür, Dana allein durch seine Existenz auf die Nerven zu gehen. Und dann dieses Grinsen! Woher nahm er nur sein unverschämtes Selbstbewusstsein? Sie regte sich schon wieder auf.

Dann war da noch die große neue Stute. Else hieß die wohl. Da wuselte natürlich auch immer jemand rum, weil alle so furchtbar neugierig waren. Und deshalb konnte sie, Dana, diese untadelige Säule der Gemeinschaft, nicht spionieren gehen. *Nein*, rief sie sich innerlich zur Ordnung, *das ist kein Spionieren oder plumpes Herumschnüffeln, das ist Ermittlungstätigkeit und dient dazu, Guntram zu helfen.* Sie war nämlich nicht neugierig, sondern nur sehr hilfsbereit. Dana nickte zufrieden. So passte das gleich viel besser in ihr Weltbild.

Mittlerweile war sie an der Bürotür des Chefs angekommen und meldete hinsichtlich der Einladungen Vollzug. Klaus-Werner Hartmann lugte über seine randlose Brille.

„Und warum hat das so lange gedauert? Herr Dinkelfuss ist doch sonst so zuverlässig."

„Das müssen sie ihn selbst fragen, Chef." Dana war sehr stolz darauf, wie ruhig sie geblieben war.

„Das würde ich ja, aber er scheint gerade nicht im Büro zu sein. Ist wahrscheinlich voll im Stress und auf drei Terminen gleichzeitig. Und das am Freitagnachmittag! Ein Teufelskerl, der Herr Dinkelfuss."

„Da kann er sich natürlich nicht um alles kümmern. Deshalb habe ich in den letzten zwei Jahren immer die Einladungen vorbereitet und versandt. Herr Dinkelfuss wollte das heute ausnahmsweise selbst machen."

Hartmann sah sie unsicher an und beschloss, seinen Ohren sicherheitshalber nicht zu trauen. „Teufelskerl", murmelte er und widmete sich wieder den Papieren auf seinem Schreibtisch.

Auf dem Rückweg in ihr Büro hing Dana finsteren Rachefantasien nach, die sie solange genoss, bis ihr Telefon klingelte. Sie erkannte Melanies Telefonnummer im Display.

„Hey du, ist was passiert?" Als Pferdebesitzer ist man schon ein bisschen paranoid, dachte sie. Irgendwie rechnet unsereiner immer mit Hiobsbotschaften aus dem Stall.

„Weißt du schon?"

„Nein, was?"

„Wir haben doch letztens im Stall über den Sattelklau gesprochen, und jetzt wurde bei Fischers eingebrochen. Alle Sättel sind weg!"

„Gut Fischerberg ist doch so ein schicker Dressurausbildungsstall. Die haben doch nur diese superteuren Sättel da, die man gut weiterverkaufen kann. Und jetzt hast du Angst, dass auch bei uns eingebrochen wird, stimmt's?"

Melanie bestätigte das.

„Aber wir haben doch mindestens genauso viele Westernreiter wie Englischreiter. Sprich: jede Menge bleischwere Westernsättel. Westernsättel klaut doch eigentlich keiner, weil man sich daran 'nen Bruch hebt. In den ganzen Sportställen, wo die Pferde den ganzen Tag in der Box stehen, damit sie sich bloß nicht verletzen, haben die Leute immer die neuesten Sattelmodelle, und zwar Dressursättel und Springsättel. Die sind viel leichter und brauchen weniger Platz und man kriegt sie problemlos verkauft. Bei unserem Mischmasch von Freizeitsätteln ist das sicher nicht ganz so einfach. Obwohl …" Dana hing sehr an ihrem alten, aber gut gepflegten Dressursattel, der sich nach jahrelangem Gebrauch so wunderbar an ihren Körper angepasst hatte. Den würde sie nach Möglichkeit gern behalten. Vielleicht hatten die Satteldiebe auch etwas mit dem Mord zu tun? „…vielleicht haben die Satteldiebe doch etwas mit dem Mord zu tun? Ich möchte mich jetzt übrigens doch aufregen. Wann ist diese furchtbare Geschichte endlich vorbei? Meine armen Nerven!"

„Bestimmt dauert es nicht mehr lange. Kommt Guntram eigentlich nachher wieder in den Stall?"

Dana musste zugeben, dass das so war. Schließlich schuldete er ihr noch einmal Box ausmisten und sie wollte ihm endlich den vermaledeiten Schlüssel geben. Melanie erzählte noch kurz von ihrem gestrigen Einkauf bei Egolf, der anscheinend äußerst zufriedenstellend verlaufen war. Zusätzlich zu all den wunderbaren Dingen, die sie erbeutet hatte, berichtete Melanie, dass es bei Egolf neuerdings auch eine Second-Hand-Abteilung für gebrauchte Pferdesachen gab.

„Vielleicht auch für Sättel?", fragte Dana.

„Meinst du, die haben grade eine neue Lieferung bekommen? Das fände ich … gruselig fände ich das."

„Frag mich mal", meinte Dana.

Die Sonne schien, ein leichter Wind wehte und das Gras mundete ganz vorzüglich. Nebenan auf der Stutenweide hatte Lisette für Ordnung gesorgt und die Gemüter hatten sich wieder beruhigt. Viel zu früh stand Oleg neben mir, um mich in die Box zu bringen. Sein Kollege Alexej hatte schon Faxe und Companero am Strick, so dass ich heute neben Konrad, dem Dressurpferd, gehen musste. John-Boy und seine Herde waren schon in ihrem Offenstall.

Konrad und ich lebten nur theoretisch in derselben Gegenwart. Tatsächlich war er so abgehoben und so dermaßen etwas Besseres, dass ich ihn gern ärgerte. Meine anfängliche Begeisterung darüber, dass er sich nicht wehrte, war allerdings der Erkenntnis gewichen, dass er meine geistreichen Anspielungen in den meisten Fällen einfach nicht verstand. Konrad sah mich blasiert an, als Oleg uns nebeneinander rangierte. „Kennen wir uns?", stand auf seiner Stirn geschrieben.

„Hallo, ich bin der Neue und heiße Black Beauty!", sagte ich versuchsweise.

Konrad verzog keine Miene. „Hab ich dir schon erzählt, wie ich neulich auf dem Turnier in Engelskirchen …"

„Ja, hast du", sagte ich schnell, um einer weiteren Angebergeschichte vorzubeugen.

Konrad stutzte. „Aber du bist doch neu hier?"

„Nein, Konny, altes Haus. Ich wohne schon seit ein paar Jahren hier, und wenn du deine Augen öfter mal aufsperren würdest, würdest du auch ein bisschen mehr von deiner Umwelt mitkriegen!" Das war wahrscheinlich sein Geheimnis: durch seine extreme Schnarchnasigkeit konnte er sich super auf seine Dressurprüfungen konzentrieren. Er musste keine störenden Außenreize ausblenden, weil er sie gar nicht erst wahrnahm.

Wir bogen um die Ecke und kamen am Misthaufen vorbei. Konrad sah mich von der Seite an – wir Pferde können das gut, weil unsere Augen praktischerweise direkt unterhalb der Ohren rechts und links am Kopf angebracht sind – und raunte: „Der Mörder läuft immer noch frei rum, und Peppy lügt! Achte auf Melanie!" Ich hüpfte erschrocken hoch. Dieser abrupte Themenwechsel brachte mich völlig aus dem Konzept. Als ich zu Konrad herübersah, guckte der mich genauso dösig an wie sonst. Hatte ich geträumt?

Dana hatte schon eine Mistgabel und eine Schubkarre parat gestellt, als Guntram auf einem rosa Damenrad auf den Hof geradelt kam. Am Strick führte er Blacky. Dana machte große Augen. Als Blacky versuchte, sich loszureißen, brachte er wegen seines unfair niedrigen Schwerpunkts Guntram nebst Fahrrad ins Wanken. Dana löste sich aus ihrer Erstarrung und sammelte Blacky ein, nachdem sie sich zuvor von Guntrams Wohlbefinden überzeugt hatte.

„Mir geht's gut, aber der kleine weiße Teufel kriegt anscheinend nix zu fressen. Ich hab ihn weiter oben am Weg getroffen, wo er Radfahrer anbettelte."

„Blacky ist wirklich unmöglich. Die einzigen, auf die er hört, sind Marie und Möhren-Willi. Dadurch, dass er so ein Ausbruchskünstler ist, ist er quasi autark. Du kennst das sicher von Hunden – die kleinsten haben das größte Selbstbewusstsein. Apropos Selbstbewusstsein - ein schickes Fahrrad hast du da!"

Guntram grinste verlegen. „Das ist jetzt ein wenig peinlich. Mein Dienstfahrrad wurde geklaut, aber der Dieb hat dieses Fahrrad dagelassen. Mit meinem Schloss am Fahrradständer festgeschlossen. Was sollte ich da machen? Ein bisschen gelacht hab ich aber auch, am Dienstfahrrad war nämlich die Gangschaltung nicht mehr ganz in Ordnung."

„Und anstelle von 25 kaputten Gängen hast du jetzt drei funktionierende Gänge. Wow", lobte Dana. „Tolle Farbe, übrigens."

„Die konnte ich mir nicht aussuchen. Ich hatte es eilig, weil sich in meinem anderen Fall so viel Neues ergeben hat, dass ich die Zeit ganz vergessen habe. Bei uns hier", er sah sie an, „gibt es aber immer noch nix Neues aus der Pathologie.

„Hey Dana, neues Pony? Steht dir aber gut!" Genau in diesem Moment kam Felix um die Ecke. „Oh sorry, ich wollte nicht stören."

„Du störst gar nicht. Ich muss sowieso noch mit verschiedenen Pferdebesitzern über den Mord an Herrn

140

Reißmann sprechen. Ich bin übrigens der Guntram", entgegnete dieser lässig.

Felix war sichtlich die Farbe aus dem Gesicht gewichen. „Ja, sicher können wir über den Mord sprechen. Aber jetzt muss ich zufällig gerade weg."

„Keine Sorge, ich weiß ja, wo ich dich finde. Kiki Peters hat mir die Liste mit euren Adressen gegeben. Lustig, bei dir steht als Anschrift Wiesbaden. Da hast du's ja ganz schön weit zum Stall!"

„Das ist die Anschrift meiner Eltern. Ich hab mich von meiner Freundin getrennt – oder eher sie sich von mir. Meine Möbel sind eingelagert und ich wohne zurzeit bei Freunden, weil ich noch keine neue Wohnung gefunden habe."

„Wie heißen denn diese Freunde?" Guntram war ermittlungstechnisch in seinem Element. Felix gab wunschgemäß Name und Adresse an.

„Die war aber ganz schön sauer auf dich, was?"

Felix musste zugeben, dass das so war. Die Ex-Freundin konnte mit Pferden nichts anfangen und fragte sich, warum er jeden Tag stundenlang im Stall bei seinem Pferd war. Es folgten Eifersuchtsdramen, bis sie ihn kurzerhand vor die Entscheidung stellte: Entweder das Pferd oder ich.

„Tja, und dann ist Elizabeth der Kragen geplatzt und sie hat mich von jetzt auf gleich vor die Tür gesetzt. Und der große Auftrag, mit dem Marc und ich raus aus den Schulden gewesen wären, hatte sich auch erledigt."

„Wie das?", wollte Dana wissen.

„Elizabeths Eltern gehört das Windsor Spa Resort. Kennt ihr vielleicht."

Klar, das Nobelhotel in 20 km Entfernung kannte jeder. Ein Schloss, das zum Luxushotel mit angeschlossenem Golfplatz und eigenem Schönheitschirurgen umgebaut worden war. Dana und Guntram nickten.

„Na, und Marc und mir gehört eine kleine Möbeltischlerei. Wunderwerk heißt sie. Vielleicht habt ihr schon mal davon gehört." Ein fragender Blick, der durch Kopfschütteln beantwortet wurde. Nein, Wunderwerk kannte keiner.

„Wir haben uns auf Sonderanfertigungen aus besonders hochwertigen Hölzern spezialisiert – natürlich strikt ökologisch ausgerichtet. Elizabeths Eltern hatten uns einen Riesenauftrag für das Schloss erteilt. Aber so müssen Marc und ich den Werkstattkredit wohl noch ein bisschen länger abbezahlen. Dafür kann ich jeden Morgen in den Spiegel schauen und habe meine Seele nicht verkauft. So, und jetzt muss ich aber wirklich los, mit nicht ganz so exklusiven Tischlerarbeiten Peppys Hafer verdienen!" Er zwinkerte Dana zu und war auch schon verschwunden.

„Interessante Geschichte", meinte Guntram und sah nachdenklich hinter Felix her.

Blacky ruckte an Danas Hand und wollte jetzt aber wirklich dorthin, wo es etwas zu essen gab. Er hatte immerhin erstaunliche fünf Minuten auf der Stelle gestanden.

„Glaubst du ihm nicht?"

„Das weiß ich noch nicht. Hast du seine Uhr gesehen?"

„Nein, was ist damit?"

„Das war ein Chronograph. Genauer gesagt, eine Patek Philippe. Handarbeit aus Weißgold. Sauteuer. Und wir sollen ihm glauben, dass er von der Hand in den Mund lebt, damit sein Pony nicht verhungert?"

„Womit sich die Polizei so alles auskennt", wunderte sich Dana. „Also erstmal ist es kein Pony, sondern ein Quarter Horse, und zwar kein schlechtes, soweit ich das beurteilen kann." *Ich glaub das nicht. Ich stehe hier und verteidige den Cowboy. Ich meine ... ich!! Den Cowboy!!* Sie zog innerlich die Augenbrauen hoch. „Und dass er sich zugunsten des Pferdes von der Freundin getrennt habe, kann ich absolut nachvollziehen. Pferdeleute sind so. Wenn unsereiner vor so eine Entscheidung gestellt wird, entscheidet man sich immer für das Pferd! Das macht ihn eigentlich nur sympathisch."

Guntram sah sie von der Seite an.

Dana guckte zurück.

Blacky ruckte wieder und Dana musste lachen.

„Ich bring den kleinen Wegelagerer zurück in seine Box. Daraus kann er nicht so schnell abhauen wie von der Weide. Und du hast ihn wirklich dabei erwischt, wie er Spaziergänger angebettelt hat?"

„Ja, es war eine Familie mit Kindern, die einen Fahrradausflug gemacht hatten. Er stand mitten auf dem Weg und wollte sie nicht durchlassen, weil sein Pony-Röntgenblick anscheinend festgestellt hat, dass sie noch Äpfel in ihrem Proviantkorb hatten. Deshalb habe ich ihn wegen Nötigung und Wegelagerei verhaftet. Blacky war nicht damit einverstanden und hat mehrfach versucht, sich der Festnahme zu entziehen. Einmal hat er mich schon unterwegs vom Fahrrad geholt, danach habe ich dann besser aufgepasst. Bis da oben", er deutete auf das Stück Weg, auf dem Blacky ihn zu Fall gebracht hatte. „Da hat er seinen Heimvorteil unfair ausgenutzt. "

„Verstehe. Während ich den Verdächtigen in die Arrestzelle bringe, kannst du ja vielleicht schon mal zu Pfridolins Box gehen. Ich hab da was für dich vorbereitet", lächelte Dana.

„Eine Schubkarre! Wie lieb von dir!" Guntram heuchelte Begeisterung. „Du, ich wollte heute auf jeden Fall ausmisten. Schließlich hatte ich es dir versprochen!"

„Und ich wollte nur mal schauen, ob du dich daran erinnerst."

„Vertraust du mir etwa nicht?"

„Nicht, wenn du aussiehst, als ob du einen Clown gefrühstückt hast", äußerte Dana kritisch.

Guntram wurde wieder ernst. „Klar, du hältst doch deinen Teil der Abmachung auch ein." Ups. Dana wand sich ein wenig und gab zu, dass sie Guntram nachher noch etwas beichten müsste, aber erstmal das mittlerweile sehr schlecht gelaunte Minishetty in sein angestammtes Zuhause bringen wolle. Besagtes Minishetty bockte mittlerweile auf der Stelle und war sichtlich erleichtert, als es seine Box betreten und den blöden Gürtel um seinen Hals loswerden konnte. Prima, das Abendessen war auch schon serviert. Blacky senkte die Nase ins Heu und begann zu fressen.

Guntram war fast fertig mit Ausmisten, als Dana zurückkam.

„Du bist aber schnell! Guck mal, da kommen auch schon die Pferde von der Wiese." Oleg und Alexej bogen um die Ecke, jeweils zwei Pferde im Schlepp.

Konrad und ich gingen in unsere Boxen. Ein verwirrender Tag. Aber dank meines Superhirns würde ich bald alle losen Enden miteinander verknüpfen und diesen Mordfall lösen. Konrad hatte nach seiner rätselhaften Botschaft nicht mehr mit mir gesprochen. Wenigstens war Faxe nicht mehr beleidigt, auch wenn er mir sein Geheimnis partout nicht verraten wollte.

Ich sprach Faxe in der Nachbarbox an: „Konrad hat mir gerade was total Schräges erzählt. Und Lisette meint, es wäre irgendwie wichtig, wer Ralph Reißhand gefunden hat."

Faxe mampfte weiter sein Heu. „Na, ist doch klar, warum das wichtig ist."

„Warum denn?"

„Na, derjenige, der die Leiche findet, ist normalerweise derjenige, der die Person zuletzt lebendig gesehen hat. Und oft auch derselbe, der sie von einem lebendigen Zustand in einen toten Zustand versetzt hat."

„Du meinst den Mörder." Ich nickte wissend. Klar, unsereiner ist ja nicht doof.

„Dann ist es ja ganz einfach. Ich hab Ralph Reißhand gefunden."

„Hast du nicht."

„Hab ich wohl."

„Meinetwegen, aber du warst nicht der richtige Finder."

„Wie jetzt?"

Faxe sprach jetzt sehr geduldig mit mir, etwa so, als würde er versuchen, Blacky die Geheimnisse der Quantenphysik zu erläutern. „Der richtige Finder ist der Mörder."

„Jetzt verarschst du mich aber."

„Nein, das ist Philosophie. Lass es mich anders formulieren: Derjenige, der bei Ralph Reißhand war, als er starb, ist der Mörder."

„Das ist ja wohl logisch. Aber wer war das? Und wer hat ihn noch alles gefunden außer mir? Und was haben Kiki und Melanie damit zu tun? Schickes Halfter, übrigens." Das letzte war an die hübsche neue Stute gerichtet, die in dieser Sekunde vor meiner Box stand und darauf wartete, dass Alexej ihr das rosa Halfter auszog. Während wir unserer wissenschaftlichen Diskussion nachgegangen waren, waren nach und nach alle Pferde von den Weiden geholt und in ihre Boxen gestellt worden. So nah war ich ihr noch nie gewesen. Dass sie sehr jung und dunkelbraun war, wusste ich schon. Auch ihre entzückende Schnippe kannte ich. Natürlich hatte sie nicht Peppys feuriges Temperament. Apropos Peppy: Laut Konrad schien sie es mit der Ehrlichkeit nicht allzu genau zu nehmen, aber das tat er ja auch nicht. So what?

Aber zurück zum Wesentlichen – der hübschen neuen Stute. Sie stand direkt vor meiner Nase. Nett sah sie aus. Noch sehr schlaksig, aber man konnte schon erkennen, dass sie sehr, sehr, sehr hübsch werden würde, wenn sie erst einmal Muskeln an den richtigen Stellen bekam. Bei uns Pferden ist es ja total wichtig, dass auch die Mädels Sport treiben und einen muskulösen Body haben.

Eigentlich sollten alle Pferde das tun - trainieren und Muskeln aufbauen und so. Das ist superwichtig, um lange gesund zu bleiben. Wir sind ja eigentlich nicht zum Tragen gebaut, also müssen wir Muskeln bekommen, weil unsere Knochen sonst nicht lange halten. Das ist bei allen Pferden gleich. Ich wiederhole: bei allen. Von dieser Regel gibt es nur eine bekannte Ausnahme: mich. Mir persönlich ist das nämlich viel zu anstrengend. Aber meine gnadenlose Besitzerin kennt da bekanntlich nix und fordert mich auch gegen meinen Willen zu Leibesübungen auf.

Aber zurück zu uns auf die Stallgasse. Sie stand da und mir fehlten immer noch die Worte. Stattdessen hatte ich Herzchen in der Pupille. Noch dazu guckte mein neuer Schwarm zum Dahinschmelzen lieb. Das ist für mich besonders wichtig, weil ich ja durch meine verhunzte Mähne und andere Widrigkeiten des Lebens bisher wenig oder genauer gesagt fast gar keinen Erfolg bei Stuten hatte. Ich war zwar heiß in Peppy verliebt, fürchtete aber schon jetzt, dass sie ihre – an und für sich unverständliche – ablehnende Haltung mir gegenüber so bald nicht ablegen würde. Da ist es günstig, wenn man ein großes Herz hat und nur ein bisschen Angst davor, sich unsterblich zu blamieren.

Also sprach ich sie an. Mit dem erstbesten Spruch, der mir einfiel. Ich gebe zu, daran war nix originell oder einfallsreich, aber ich wollte sie gern kennenlernen, und zwar jetzt und hier und auf der Stelle. Sie drehte sich um.

Ich schluckte. „Ein schickes Halfter hast du da", wiederholte ich und kam mir unsagbar blöd vor. Ich dachte an alle Wallache dieser Welt, die auch an rosa

Halfter, Abschwitzdecken, Bandagen, Sattelunterlagen undsoweiter undsofort litten und konnte trotzdem nicht anders. Gedanken an meine diversen Reitausstattungen in Regenbogen- und noch mehr Pastellfarben kamen mir in den Sinn und wurden sofort zum Schweigen verdammt. Tapfer lächelte ich die holde Schöne an.

„Du hast aber auch ein tolles Halfter", flüsterte sie schüchtern. „Rosa", erklärte sie. „Ich mag rosa."

„Meine Besitzerin auch", erwiderte ich. Das „leider" verkniff ich mir. Die Frau würde ihre rosa Phase so schnell nicht überwinden. Ich kannte sie schon länger und wusste, dass diese unselige Leidenschaft immer wieder aufflammen würde. Und schon war die hübsche Stute fort. Ich hatte sie noch nicht einmal nach ihrem Namen gefragt! Wie blöd kann man eigentlich sein! Vor Companero und Faxe wollte ich mir nicht die Blöße geben, sie quer über die Stallgasse hinweg in ein Gespräch zu verwickeln, bei dem wir wahrscheinlich beide verlegen rumstottern würden. Von Selbstzweifeln geplagt, senkte ich die Nase ins Heu.

Frisch gestärkt, kehrten meine legendären mentalen Superkräfte schnell zurück. Wie konnte ich nur so an mir zweifeln – ich war schließlich Detektiv. Und zwar der Beste! Wenn hier jemandem etwas einfallen würde, dann ja wohl mir! Mit diesem ermutigenden Gedanken im Kopf machte ich mich weiter über mein Futter her. Leider wurde ich wieder genau dann gestört, als es grade überhaupt nicht passte. Die Frau wollte mal wieder reiten. Ich weiß gar nicht, was das soll. Ich bin doch Freizeitpferd, da muss ich auch viel Freizeit haben, oder?

Wie immer ignorierte die Frau meinen traurigen Dackelblick und holte mich aus der Box, um mich zu putzen und mir allerlei wellnessfördernde Maßnahmen zukommen zu lassen. Weil so schönes Wetter war, band sie mich draußen vor dem Stall am Anbindebalken an. Das war mal wieder typisch. Sie hätte mich ja auch bei meinem neuen Schwarm parken können, damit ich der hübschen Stute Nettigkeiten in die zierlichen Öhrchen flüstern kann. Mittlerweile hatte ich nämlich mein Selbstvertrauen zurückgefunden und fühlte mich unwiderstehlich. Wenn die nette neue Stute erstmal wüsste, dass ich Detektiv bin, dann gäbe es für sie kein Halten mehr, da war ich sicher.

Ich stand also draußen am Anbinder und ließ mir die Sonne auf den Pelz scheinen, während die Frau an mir herumputzte und -kraulte. Ihre Massagetechnik hat sich stark verbessert, dachte ich und schloss genießerisch die Augen. Dabei muss ich ein klein wenig weggedöst sein, weil plötzlich Faxe neben mir stand.

„Hey, schickes Halfter", meinte er. „Rosa betont deinen Typ."

„Das heißt Beere, du Vollpfosten. Die Trendfarbe für dynamische, maskuline Typen wie mich."

„Steht dir. Aber du kannst ja auch einfach alles tragen, sogar dunkelrosa."

„Beere", beharrte ich.

Wie sich herausstellte, wurde Faxe auch geputzt, weil Melanie und Dana ausreiten wollten. Diesmal aber ohne Leiche, hatten sie sich vorgenommen. Guntram hatte einen Anruf bekommen - „Weißt du, was sein Handy für einen Klingelton hat? Shaun das Schaf!" – und musste dringend irgendwohin, wo es etwas zu ermitteln gab. Also konnten Dana und Melanie ausgiebig ausreiten und die eventuellen Fragen der Staatsgewalt später beantworten.

„Schade, gerade jetzt hat der Felix Unterricht. Da hätte ich gern zugeguckt", seufzte Melanie, als wir den Hof verließen.

„Ach. Und vorhin musste er angeblich noch so dringend weg. Irgendwas stimmt mit dem nicht", beschloss Dana.

„Nette Stute", bemerkte Faxe, als wir den Hof verließen.

„Welche?", antwortete ich zerstreut.

„Stimmt, eigentlich sind sie alle nett."

„Das kannst du so pauschal nicht sagen. Guck zum Beispiel mich an."

Faxe sah mich an.

„Guck mich nicht so an."

„Aber gerade hast du gesagt…"

„Ich meinte das im übertragenen Sinn."

„Ah ja."

„Du guckst ja immer noch so."

„Ich warte darauf, wie es weitergeht."

„Also guck mich an."

„Ja?"

„Nicht so. Anders."

„Wie anders?"

„Na anders halt. Nicht so … lüstern."

„Ich gucke überhaupt nicht lüstern. Ich gucke hungrig."

„Dann bin ich ja beruhigt. Also. Der Charakter ist nämlich wichtig. Ich achte nicht auf Äußerlichkeiten. Über-haupt nicht. Nur auf den Charakter. Der muss stimmen."

„Aha. Und wann stimmt der Charakter?"

„Wenn sie mich nett findet. Und eine Stute ist."

„Und was ist mit der hübschen Peppy?"

„Das ist meine", sagte ich mit einer Reaktionsgeschwindigkeit, die ich sonst nur hatte, wenn ich zu nah am Stromzaun graste und eine gewischt bekommen hatte. Faxe wechselte das Thema. „Und was ist mit der Stute von gegenüber?"

„Jaha", sagte ich und ahnte, dass ich mich in eine rhetorische Zwickmühle sondergleichen manövriert hatte. „Also die ist auch nett. Finde ich."

Gottseidank war das Faxe nicht aufgefallen, denn er sprach weiter. „Diese Else ist ja auch ein ganz schöner Brummer."

„Else?" Ich musste nachdenken. „Meinst du die neue Wuchtbrumme auf der Stutenweide? Warmblut, groß, dick, braun?"

Faxe wand sich ein wenig. Er hatte Probleme mit meiner Wortwahl.

„Dick, dick, das sagt sich so leicht. Vollschlank ist sie", gab er schließlich zu.

„Ja genau. Die sich zwischendurch auch mit Lisette angelegt hat. Und der neuen Stute bei uns gegenüber. Der mit dem rosa Halfter."

„Ganz schön groß ist die. Und ... ehem ... energisch. Dass sie aus einer reinen Boxenhaltung kommt und früher immer nur höchstens ein Stündchen auf die Weide durfte, merkt man ihr gar nicht an." Lisette hatte Faxe anscheinend über ihre neuen Schützlinge informiert. Er fuhr fort. „Ich mag ja lieber kleine, kompakte Stuten. So wie zum Beispiel Peppy."

Faxe war zwar ein stolzer Tinker, bevorzugte aber zierlichere Partnerinnen. Ich muss leider zugeben, dass ich selbst in der Hinsicht ziemlich wahllos war. Ich freute mich über jede Stute, die aus Versehen in meine Richtung guckte. Ein Wallach mit meiner Frisur kann es sich nicht leisten, wählerisch zu sein. Aber Peppy war definitiv ein Sahneschnittchen. Womit wir wieder beim Thema waren.

„Die scheint's ja faustdick hinter den Ohren zu haben. Wie sie Companero abgebügelt hat, das hatte was." Faxe nickte. Aber das hatte vielleicht auch nur damit zu tun, dass wir gerade einen üppig mit Gras bestandenen Feldweg erreicht hatten und er unauffällig an die Hälmchen zu kommen versuchte.

„Konrad meint, sie hätte gelogen", fiel mir wieder ein. „Und ich sollte auf Melanie achten. Wieso ich und nicht du?"

„We happ beloben?"

„Du sollst nicht immer mit vollem Mund sprechen, das ist eklig. Meine Freundin Peppy hat gelogen. Hat Konrad gesagt", erklärte ich hilfsbereit, für den Fall, dass Faxe sich mit mir gegen den hohlköpfigen Muskelprotz verbünden wollte.

„Vielleicht hat er sie nur falsch verstanden?", meinte mein flauschiger Freund mit seiner üblichen nervenzerfetzenden Gemütsruhe. „Man müsste halt genau wissen, was sie gesagt hat."

„Und wie willst du das herausfinden?" Manchmal ging er mir wirklich auf die Nerven.

„Ich treffe mich mit ihr und frag sie einfach."

„Hast du das gesehen? Hast du DAS gesehen? Pfridolin hat einfach den armen Faxe gezwickt. In den Hals! Und Faxe hat vorher nichts gemacht. Garnichts." Melanie war entrüstet.

Dana schlug vor, vielleicht mal anzutraben, um die Herren Pferde abzulenken und auf den Pfad der Tugend zu bringen. Pfad der Tugend – wo sollte der denn bitteschön sein? Hier gab's ja die tollsten Wege, aber den Pfad der Tugend hatten wir bisher noch nicht in unser Programm aufgenommen. Wie sich herausstellte, trabten wir stattdessen den bisherigen Weg entlang, aber in einem so ordentlichen Tempo, dass ich Faxe leider nicht nochmal zwicken konnte. Verdient hätte er es gehabt. Nach dem Ausritt, der ansonsten völlig unspektakulär verlaufen war, wartete Guntram vor meiner Box.

„Ich musste eben noch mal weg, zu meinem anderen Fall. Der Termin war aber schneller vorbei, als ich dachte. Es gab da nämlich nix Großartiges zu ermitteln. Tja, und deshalb bin ich schon wieder hier und hab mich mit den Leuten hier unterhalten. Das war total interessant! Tolle Leute sind hier im Stall! Wusstest du zum Beispiel, dass deine Boxennachbarin Frau Vogler E-Gitarre in einer Rockband spielt?"

„Marie?" Die Frau und Melanie starrten sich an und sagten nach kurzer Pause wie aus einem Mund: „Nö."

„Und der Björn spielt Dudelsack. Das ist ganz praktisch, weil das bei manchen Beerdigungen gewünscht wird. Und wo er doch Bestatter ist. Er spielt aber auch bei Hochzeiten."

„Tut er das? Wer ist Björn?", wollte Dana wissen.

„Ach, den kennt ihr, glaub ich, noch gar nicht. Der ist gerade erst mit seinem Pferd hier eingezogen."

„Dann gehört der sicher zu der anderen neuen Stute. Zu der großen Braunen, weißt du?", meinte Dana zu Melanie.

„Ja genau. Else heißt die. Björn hat sie für seine Tochter gekauft, aber die studiert jetzt und hat nicht genug Zeit für Else. Also reitet Björn mit ihr spazieren. Im Moment sitzt er allerdings draußen in der Sonne."

Guntram war sichtlich zufrieden mit sich und dem Erfolg seiner Ermittlungen.

„Sind die bei der Polizei eigentlich alle so locker wie du?", fragte Melanie.

Guntram grinste: „Keine Ahnung, ich kenn noch nicht alle. Aber mit so einem Vornamen muss man sich schon mehr Mühe geben als die anderen!" Das leuchtete ein. Guntram fuhr fort: „Fast hätte ich es vergessen - ich muss Kiki noch was fragen. Gibt die eigentlich nur Reitunterricht für Kinder oder auch für Erwachsene? Der Björn und der Felix haben mir so überzeugend erzählt, wie toll reiten ist, dass ich das selber auch mal versuchen will."

„Der Felix? Wo steckt der nur?", fragte Melanie. „Erst sagt er, er müsste weg, dann hat er Reitunterricht und jetzt ist er wieder weg. Ich wollte ihm doch beim Reiten zugucken. Von Western hab ich ja gar keine Ahnung, aber was er da mit seinem Pferdchen macht, sieht richtig gut aus."

„Das Pferdchen ist eine Sie und heißt Peppy. Genauer gesagt Peppy's Little Love", wusste Guntram, der die Zeit offensichtlich gut genutzt und gründlich ermittelt hatte. „Bei Egolf in der Westernabteilung hängt ein Bild von Ihrem Ur-Ur-Ur-Opa an der Wand. Der war wohl berühmt."

„Du warst bei Egolf?" Dana zeichnete sich nicht durch damenhafte Zurückhaltung aus.

„Ja, hätte ich dich vorher fragen sollen, ob ich hindarf?", grinste Guntram. „Ich ermittle gern umfassend. Mit anderen Worten: Man muss auch dem Zufall eine Chance geben."

Dieser Philosophie konnte sich Dana, die mit Routine und dem täglichen Einerlei nicht viel anfangen konnte, natürlich nicht verschließen.

Melanie sah auf die Uhr und quiekte leise. „Schon so spät! Ich muss nach Hause, die Katzen füttern! Die Streuner sind schon so schön zahm, nicht, dass sie wieder verwildern! Dana, würdest du bitte …?"

Dana hatte es bisher nicht übers Herz gebracht, ihr zu verraten, dass die vermeintlichen Streuner sämtlich aus der gutbürgerlichen Nachbarschaft stammten und sich bei Melanie eine willkommene dritte oder vierte Mahlzeit servieren ließen. Sie versprach, dass sie noch einmal nach Faxe sehen würde.

Im Stall war es ruhig geworden. Dana fiel der Spindschlüssel wieder ein. Sie holte ihren Schlüsselbund aus der Tasche. „Diesen Schlüssel wollte ich dir noch

geben. Den hab ich auf Pfridolins Paddock gefunden."
Wohlweislich verschwieg sie, dass das schon zwei Tage her
war. „Das ist vermutlich ein Spindschlüssel. Wir Einstaller
haben hier alle einen Spind für unsere Sachen, und dieser
Schlüssel sieht genauso aus. Vielleicht passt der auf einen
von Ralphs Spinden?"

Guntram untersuchte den Schlüssel genauer. „Sollen
wir einfach mal gucken, ob er passt? Wo sind denn Ralphs
Spinde?"

Dana war Feuer und Flamme. „Nur noch schnell nach
den Pferden gucken und die Sattelkammer abschließen,
und dann kann's losgehen!"

Es war schon ganz schön dämmerig geworden. Im
Zwielicht gingen Dana und Guntram in den anderen
Stalltrakt. Auf dem Parkplatz standen nur noch Danas
verbeulter Geländewagen und das rosa Fahrrad, das
Guntrams Fahrraddieb ihm dagelassen hatte. Im Stall
angekommen, schaltete Dana das Licht an. Die Pferde
prusteten leise und malmten ihr Heu. Das schönste
Geräusch der Welt, dachte Dana. So beruhigend. Nach so
vielen Jahren erfüllte es sie immer noch mit Freude. An
den Boxen vorbei ging es links um die Ecke in eine
Sackgasse. Dort waren rechts und links Metallspinde
aufgestellt.

„Da sind Ralphs Spinde!", zeigte Dana und hatte ein
Déjà-Vu. Endlich, endlich, endlich würde es weitergehen
mit den Ermittlungen. Außer ihr schien sich ja keiner um
den Mordfall zu kümmern. Die Polizei hatte anscheinend
immer etwas Wichtigeres zu tun als den Mörder von Ralph

Reißmann zu fangen. „Die Pferdenamen stehen drauf. Fabio, Cassidy, Quadriga und Coeur de Luxe."

Guntram probierte ein Schloss nach dem anderen anderem aus. Der Schlüssel passte auf keinen von Ralphs Spinden. *Na toll,* dachte Dana enttäuscht. *Das hätte ja auch mal klappen können. Meine Chance, eine Krimi-Heldin zu sein, und dann das. Das ist ja mal wieder so typisch.*

„Was ist denn das für ein Spind links daneben?", fragte Guntram. Mit zusammengekniffenen Augen buchstabierte er „Elysee" und beschwerte sich: „Direkt hell ist es hier ja nicht".

„Elysee wohnt schon seit 3 Jahren nicht mehr hier", winkte Dana ab. „Keine Ahnung, warum der Spind noch hier steht."

„Aber das Schloss sieht nicht ganz so verstaubt aus wie der restliche Spind", beschloss Guntram. „Und weißt du was, der Schlüssel passt!"

Guntram stand direkt vor dem Spind, rechts von ihm die Wand. Dana stand mit dem Rücken zur Stallgasse, so dass sie den Schatten, der plötzlich auf sie fiel, nur aus den Augenwinkeln wahrnahm. Guntrams überraschter Ausruf führte auch nur dazu, dass sie sich zur falschen Seite umdrehte, nämlich zur Stallgasse. *Lieber Gott, bitte lass es nicht in die Hose gehen,* betete sie, als sie die dunkle Gestalt unmittelbar vor sich wahrnahm. *Ich wollte doch nur ein bisschen ermitteln.* Die Gestalt hob einen Arm.

9. Kapitel, in dem ich eine Co-Detektivin bekomme

„Du wirst alt, Pfridolin", hatte Faxe das Gespräch eröffnet, nachdem wir wieder unsere luxuriösen Paddockboxen aufgesucht hatten. Glücklicherweise waren wir Pferde auf dem Petershof alle etwas Besonderes, so dass die elitäre Unterbringung nur angemessen war. Wir alle, sogar Konrad. Der war halt einfach nur besonders doof und ging uns mit seiner Angeberei so dermaßen auf den Geist, dass wir ihn nach Möglichkeit ignorierten. Das fiel ihm in seiner glückseligen Ignoranz noch nicht einmal auf, so dass unsere gegenseitige Blinde-Kuh-Taktik ein voller Erfolg war. Aber genug von unserer depperten Sportskanone, Faxe hatte mich grade von der Seite angequatscht. Ich kehrte in die Gegenwart zurück.

„Wie jetzt?"

„Kannst du dich nicht mehr an vorhin erinnern?"

„Doch klar. Vorhin war, als du so unqualifizierte Bemerkungen gemacht hast. Dass du haariger Zwerg meine Freundin anquatschen willst."

„Pfff. Ich habe wenigstens eine Mähne. Im Gegensatz zu manchen anderen hier", er warf mir einen vielsagenden Blick zu. „Wir jungen wilden Pferde tragen die Haare offen. Diese Spießerfrisur macht dich echt alt."

„Die Kurzhaarfrisur betont meinen sportlichen Hals. Das ist bei uns athletischen Warmblütern so", antwortete ich hochnäsig, hielt meinen Hals vorsichtshalber aber so, dass die zackelige Mähne auf der von ihm abgewandten Seite war.

„Melanie sollte dich auch mal frisieren. Vor lauter Haaren sieht man ja gar kein Pferd mehr."

„Das hat sie schon. Sie hat mir die Haare an den Füßen geschnitten, damit Frau Hufschmied sehen kann, wo meine Hufe sind und wie die aussehen. Falls sie irgendwelche Dinge korrigieren muss. Ansonsten bin ich sehr zufrieden, vielen Dank. Auch wenn angeblich irgendwas mit Melanie nicht in Ordnung ist." Faxe hatte – wie alle Tinker – einen Mega-Fesselbehang, so dass man normalerweise ringsherum keine Hufe sehen konnte. Aber Faxe hatte zusätzlich noch eine meterlange Mähne, einen unfassbar dichten Schweif und einen Schopf bis zu den Nüstern, was ihm ein ziemlich verwegenes Aussehen gab. Insgeheim war ich ein klitzekleines bisschen neidisch. Außer natürlich, wenn er auf der Weide im Klettendickicht war und Melanie stundenlang an ihm herumzuppeln musste, um die ärgsten der widerborstigen Kugeln aus ihm zu entfernen.

„Ja genau. Was ist denn mit Melanie nicht in Ordnung?", wollte ich wissen.

„Mit der ist alles in Ordnung. Ich hab keine Ahnung, worauf der hohlköpfige Konrad mit seinen komischen Anspielungen hinaus will."

Das war wenig hilfreich. Außerdem war da noch die geheimnisvolle Peppy, die laut Konrad gelogen hatte. Ich sah keinen Sinn darin, Faxe nochmal darauf anzusprechen, hatte er doch schon auf meine erste diesbezügliche Frage mit unerwünschter Eigendynamik reagiert.

Ich seufzte. So würde ich mit meinen Ermittlungen nicht weiterkommen. Wenn mein Co-Detektiv mit

Verdächtigen flirtete (was ich mir ja eigentlich in bewährter James-Bond-Manier für mich selbst vorbehalten hatte) und sich weigerte, meine Fragen zu beantworten, musste ich mir eine neue Taktik überlegen.

Der Zufall kam mir zu Hilfe. Während Faxe und ich miteinander sprachen, war sich Companero treu geblieben und hatte beharrlich versucht, mit der neuen Stute von gegenüber anzubandeln. Gerade eben hatte er ihr noch wenig subtil, wie es seiner Macho-Art entsprach, erklärt, sie wäre eine „muy ßexy chica". Sie trug es mit Fassung. Vermutlich hörte sie so etwas öfter, denn bekanntlich fand auch ich sie attraktiv. Aber ich bin ja auch etwas Besonderes und dieser aufdringliche Spanier nicht. Ich glaube, die langen Stirnfransen sind nicht gut fürs Gehirn.

Als Companero irgendwann später eine Pause vom permanenten Baggern brauchte und sich seinem Heunetz zuwandte – das war wenigstens nicht ganz so störrisch - , witterte ich meine Chance. Ich wusste zwar nicht, was ich sagen wollte, aber das mit ganzer Kraft.

Die hübsche Stute bemerkte meinen Blick. „Du sag mal", fragte sie, „wer ist das eigentlich? Und warum spricht der soviel vor dem Essen?"

„Das ist Companero, ein Spanier. Sehr zutraulich."

„Das hab ich schon gemerkt. Und du? Was bist du für einer?"

„Ich bin Hannoveraner. Und Detektiv."

Das ging ja besser als erwartet. Ihre anfängliche Schüchternheit hatte sich gelegt und sie war in der Lage, eine Unterhaltung quasi im Alleingang zu bestreiten. Ich war entzückt.

„Was ist Detektiv denn für eine Pferderasse?"

Und dann war sie doch noch so süß und ahnungslos. Ich schmolz dahin. „Ein Detektiv ist jemand, der ermittelt. Wer etwas gestohlen hat. Oder wer jemanden umgebracht hat. Also einer, der Verbrecher fängt."

„Ach so, wie die Polizei."

Ich hätte mir jetzt aber doch gewünscht, dass meine Schilderung sie stärker beeindruckt.

„Nein, auf coole und geheimnisvolle Art. Nicht so langweilig wie die verbeamteten Staatsdiener." Den Ausdruck hatte ich bei Faxe aufgeschnappt.

„Wie wer?"

„Na, die Polizei. So langweilig ermittle ich nicht."

„Ist das denn dann nicht gefährlich?"

„Doch, sehr. Vor allem, wenn man wie ich im Alleingang ermittelt." Seitenblick auf Faxe – der kümmerte sich um sein Heu und hörte gar nicht zu. Bei seinen Essgeräuschen wäre es ihm ohnehin schwergefallen, irgendetwas zu hören, das leiser als ein Trecker ist. „In einem Mordfall", fügte ich wichtig hinzu.

„Ein Mordfall? Wer wurde denn getötet? Hast du gar keine Angst?"

Darüber hatte ich mir bisher noch keine Gedanken gemacht. Ich beging den Fehler und malte mir kurz in allen Farben aus, was alles Schreckliches passieren könnte, wenn sich ein Mörder in die Enge getrieben fühlte. Dann schluckte ich und log: „Ein Kerl wie ich kennt keine Furcht." Ihr bewundernder Blick entschädigte mich für so manches, was da noch kommen mochte.

„Ich habe mich noch gar nicht richtig vorgestellt. Mein Name ist Dirksen. Pfridolin Dirksen." Das hörte sich irgendwie blöd an. Ich musste mir unbedingt einen anderen Nachnamen zulegen. Bond zum Beispiel. „Und wie heißt du?"

„Hohensteins Shiny Diamond. Meine Besitzerin nennt mich Püppi. Das find ich aber doof. In meiner alten Herde haben alle Stuti zu mir gesagt."

Ich zählte eins und eins zusammen.

„Lass mich raten, wie die anderen Stuten in der Herde beim Aufzüchter hießen", grinste ich.

Sie grinste zurück. „Stimmt, wir hießen alle Stuti. Aber wir hatten eine tolle Zeit dort."

„Hier ist es auch schön. Das Futter ist in Ordnung und deine Chefin auch."

Sie stellte nachdenklich die Ohren schräg. „Das Gras ist lecker und zu Lisette habe ich Vertrauen. Die ist klug und freundlich und achtet auf Ordnung in der Herde. Die andern sind auch nett. Bloß Else mag ich nicht. Das ist die dicke braune Stute, die mich immer jagt. Aber die ist eh doof. So doof, wie sie sagt, sieht deine Mähne nämlich gar nicht aus."

Stille.

„Ach, tut sie das nicht?", wiederholte ich schwach. „Ich muss grad mal weg, ich glaube, ich habe draußen ein Geräusch gehört."

Fluchtartig verschwand ich auf meinen Paddock. Gott, war das peinlich. Nicht nur, dass mein verunstalteter Haarschnitt anscheinend DIE Lachnummer bei den Stuten war, nein, viel schlimmer - ich hatte mir auch noch

Hoffnungen darauf gemacht, bei besagter Else zu landen und ihr schelmisch zugezwinkert. Wer hätte gedacht, dass das so ein böses Weib ist? Es ist ja völlig ok, wenn wir Jungs uns – aus rein wissenschaftlichem Interesse, versteht sich - über die Mädels austauschen, aber dass die Mädels über uns lästern, das ist einfach nur gemein.

Faxe stand auch draußen. „Was für ein Geräusch hast du denn gehört? Hier ist es doch totenstill!"

„Doch, doch. Von da drüben kam es", ich drehte meinen Kopf in eine allgemeine Nord-Süd-Richtung. „Jetzt ist es aber vorbei. Da kann man wohl nix machen."

„Du nimmst dieses Detektiv-Sein ganz schön ernst, was?"

„Na klar, das macht ja sonst keiner."

Seitenblick auf Faxe, der das mit großer Gelassenheit nicht zur Kenntnis nahm und gemächlich fortfuhr: „Ist sicher gut, wenn man Mädels kennenlernen will, ja?"

„Also daran dachte ich jetzt gar nicht", log ich.

„Umso besser, wenn unsere neue Nachbarin von gegenüber dich trotzdem nett findet. Mit rosa Halfter, Zackenmähne und überhaupt."

„Was heißt hier und überhaupt?" Den Rest hatte ich großzügig überhört. Das hat wohl mit meiner Rosa-Allergie zu tun. Selektive Schwerhörigkeit.

„Och, nur so. Damit meinte ich den Rest von dir. Deine bescheidene, zurückhaltende Persönlichkeit halt."

Da hatte Faxe ausnahmsweise mal Recht. Ich war schon ein toller Kerl. Klug, charmant und unglaublich bescheiden. Und noch dazu unglaublich attraktiv, wenn man mal über meine Katastrophenfrisur hinwegsah. Da hatte Stuti einen tollen Fang gemacht. Apropos Stuti: Ich trampelte auf detektivische Art ein bisschen auf meinem Paddock herum und betrat dann wieder die Box.

„Und? Was hast du herausgefunden?" Sie sah mich gespannt an.

„Der Verdächtige hat es mit der Angst bekommen und ist abgehauen. Ich konnte jedenfalls niemanden sehen." Und das war noch nicht einmal halb gelogen. Stuti war beeindruckt. Das brauchte mich auf eine Idee. „Könntest du mir morgen vielleicht einen Gefallen tun?"

„Klar. Aber nur, wenn es nicht gefährlich ist. Hat das was mit dem Verbrechen zu tun?"

„Ja und Nein. Ich meinte, Nein und Ja."

„Was denn nun?"

„Siehst du, dir kann man so leicht nichts vormachen. Du bist genauso ein detektivisches Naturtalent wie ich."

Aus Faxes Box ertönte ein erheitertes Schnaufen, das ich zu ignorieren beschloss.

„Da, ein Geräusch. Hast du das auch gehört?"

„Ja. Es kam aus meiner Nachbarbox."

„Ach so." Stuti schien enttäuscht.

„Das allerwichtigste beim Detektivsein ist, das Wichtige vom Unwichtigen zu unterscheiden", weihte ich sie in meine universelle Ermittlungsphilosophie ein.

Meine zukünftige Assistentin nickte verständnisvoll. „Das kenn ich. Meistens gefällt mir rosa, aber das rosa Halfter mit den Straßsteinchen ist an den Ohren ein bisschen eng. Da ist die schöne Farbe dann unwichtig."

Innerlich schüttelte es mich, aber ich ließ mir nichts anmerken. Wir Geheimagenten sind halt hart im Nehmen.

Faxe murmelte etwas von zweien, die sich gesucht und gefunden hätten.

„Da! Da war aber jetzt ein Geräusch!"

„Das war auch aus meiner Nachbarbox."

„Das meinte ich nicht. Es kam von drüben, aus der anderen Stallgasse."

Ich eilte wieder hinaus auf meinen Paddock, um den Sachverhalt zu untersuchen. Im anderen Stalltrakt war Licht und Unruhe. Ich hörte mehrere Stimmen. Zu sehen gab's aber nix. Sicherheitshalber guckte ich ein bisschen herüber (observieren nennt man das wohl), bekam aber dann Hunger und ging wieder rein in die Box. Observieren ist ganz schön langweilig.

10. Kapitel, in dem Leute an überraschenden Orten aufwachen

Es war dunkel. Verdammt dunkel. Sie betastete ihren Kopf. Aua. Wo war sie nur? Was war passiert? Bruchstückweise kehrte die Erinnerung zurück. Sie hatte nur mal ins Lager gucken wollen. Im Büro war ja nie was zu tun, und da hatte sie Langeweile gehabt. Außerdem war sie neugierig. So ganz hatte ihr das nicht eingeleuchtet, wie eine Firma mit Im- und Export funktionieren kann, wenn man das Lager nicht betreten darf und der einzige Job darin besteht, am Telefon Neugierige abzuwimmeln beziehungsweise bestimmte Telefonnummern anzurufen und dort vorbereitete Botschaften auf den Mailboxen zu hinterlassen. Immer nur Mailboxen. Sie hatte noch nie einen Menschen angerufen.

Doch, das hatte sie natürlich. Jessica. Und ihre anderen Freundinnen. Aber immer nur über ihr eigenes Handy, das zählte also nicht. Whatsapp und Facebook war auch was anderes. Dann hatte sie am Freitag ihre Mittagspause überzogen, was eigentlich auch egal war. Tom Schneyder hatte sich nie darüber beschwert. Es gab ja ohnehin nie etwas für sie tun. Im Cologne Carree hatte sie noch nach Anziehsachen für den Club geschaut. Samstags abends ging sie immer mit ihren Freundinnen aus und hatte einfach nichts mehr zum Anziehen. Dann war sie zurück ins Büro gegangen, hatte sich gewundert, dass es überall so leer und leise war, und sich dann ins Lager geschlichen. Sie erinnerte sich noch an die grüne Metalltür und wie sie mit klopfendem Herzen die Klinke herunterdrückte und danach… nichts mehr. Sie betastete ihren Hinterkopf und fühlte eine ordentliche Beule. Ob sie zum Schönheitschirurgen musste? Was war mit ihrem Gesicht? Und wo war sie und wie spät war es eigentlich? Ihr Handy war in der Handtasche unter ihrem Schreibtisch, und eine Armbanduhr trug sie nicht. Die Fenster des Lagerraums waren abgedunkelt, vermutlich mit Metall-Rollläden. Sie konnte nicht erkennen, ob es draußen Tag oder Nacht war.

War sie entführt worden? Aber ihre Hände und Füße waren nicht gefesselt. Vor dem Tor hörte sie Geräusche. Lkws. Und Männer, die in einer fremden Sprache miteinander redeten. Mariella richtete sich auf. Wie sich herausstellte, war das ein böser Fehler. Alles drehte sich, und ihr Kopf tat höllenweh. Sie legte sich wieder auf den Fußboden.

Ein leichter Windhauch bauschte die geblümten Vorhänge. Die Sonne schien durch das Fenster in ein behaglich eingerichtetes Zimmer. Die Wände waren in einem sonnigen Gelb gestrichen. An der Decke sah man die Holzbalken, und rechts vom Bett stand ein alter Bauernschrank. Dana brauchte einen Moment, bis sie das Gästezimmer von Kikis Eltern erkannte. Und was sie für einen Blödsinn geträumt hatte! Sie setzte sich auf. Nach und nach fiel ihr ein, dass sie keineswegs geträumt hatte, dass sie und Guntram quasi mitten in der Nacht Ralphs geheimen Spind entdeckt hatten. Auf dem Metallschrank hatte zwar der Name „Elysee" gestanden, tatsächlich aber hatte Ralph Reißmann darin Papiere und Medikamente gelagert. Guntram hatte diverse Tabellen und jede Menge andere Schriftstücke aus dem Spind geholt, damit er und sie die Beweise unter der funzeligen Stallglühbirne sichten konnten. Das war natürlich gewesen, nachdem Oleg versucht hatte, sie niederzuschlagen. Der gute Oleg! Dana hatte sich zu Tode erschrocken, als er plötzlich mit der Schüppe in der Hand vor ihr stand. Es war ihm entsetzlich peinlich gewesen, dass er Dana und Guntram für Satteldiebe gehalten hatte. Um das wiedergutzumachen, hatte er eine Flasche Kräuterschnaps „von meiner Mamutschka" serviert, und Dana war der Rhabarberschnaps von Frau Deiters eingefallen, der noch in ihrem Handschuhfach lag. Mittlerweile waren auch Kiki und ihre Eltern vorbeigekommen, weil sie den Lärm auf der Stallgasse gehört hatten und nach dem Rechten sehen wollten. Na ja, und irgendwie war es dann sehr schnell ein gemütlicher Abend geworden. Zur anfänglichen Freude über den Ermittlungserfolg gesellten sich diverse Schnäpse und – wie das bei Pferdeleuten nun mal ist – diverse Pferdegeschichten, die Guntram mit Erzählungen aus dem Polizeialltag konterte.

Was hatte Guntram nicht alles in diesem Spind gefunden: Jede Menge Medikamente - Schmerz- und Beruhigungsmittel, Anabolika, Capsaicinpaste. Außerdem noch Spritzen und Kanülen und – was Dana besonders schlimm fand - Gamaschen mit eingearbeiteten Reißnägeln. Das wahrscheinlich Interessanteste für die Ermittlungen aber waren die Papiere: stapelweise Rechnungen, Tabellen, Briefe und ausgedruckte Emails.

Guntram war davon überzeugt, dass es nach der Auswertung der Unterlagen nur noch eine Kleinigkeit wäre, den Mörder zu fassen. Dana wollte das gern glauben. Für einen kurzen Moment hatte sie nämlich sogar den lieben, gutmütigen Oleg für den Mörder gehalten und wünschte sich nur noch, dass der Spuk ein Ende nähme. Guntram hatte Medikamente, grausame Trainings-hilfsmittel und Unterlagen wieder in den Spind gelegt und ihn abgeschlossen. Am nächsten Tag sollten sie dann hochoffiziell in Polizeiobhut genommen werden.

Große Freude und Erleichterung! Guntrams gute Laune war ansteckend, und alle hatten sich wild durcheinander zugeprostet. Guntram hatte sich dann irgendwann auf das rosa Hollandrad geschwungen – hoffentlich war er heil zuhause angekommen. Dana war gern auf das Angebot von Herrn und Frau Peters eingegangen und hatte im Gästezimmer übernachtet, zumal der nächste Tag ein Samstag war. Kikis Eltern waren wirklich lieb und gastfreundlich. Wenn sich jemand nach einer Feier besser nicht mehr hinters Steuer oder aufs rosa Hollandrad setzen sollte oder ein Pferd Kolik hatte, konnten sich hilfsbedürftige Pferdebesitzer hier einquartieren. Dana stand auf, zog sich nach einer hastigen Katzenwäsche an und ging in den Stall, um Pfridolin guten Morgen zu sagen. Es war noch früh und die Pferde hatten gerade ihr morgendliches Futter bekommen.

Nachdem ich mir die merkwürdigen Geräusche und das Licht im anderen Stalltrakt lang genug angeguckt hatte, hatte ich die Observation wegen akuter Langeweile und

Hunger abgebrochen und mich anschließend von Stuti wegen meines Heldenmutes und meiner profihaften Einstellung bewundern lassen und dabei Faxes Sticheleien überhört. Sollte er doch sein „geheimes Geheimnis" für sich behalten, ich würde den Fall trotzdem lösen. Insgeheim bewunderte ich mich für das Geschick, mit dem ich meine bezaubernde Assistentin angeworben hatte. Stuti hatte sich nämlich bereit erklärt, mit Peppy ins Gespräch zu kommen. Die hatte sich ihr gegenüber bisher neutral verhalten, das sollte also nicht allzu schwer sein. Auf meinen bisherigen Helfer Faxe wollte ich mich nicht mehr verlassen.

Stuti sollte Peppy nach Möglichkeit über ihren Besitzer aushorchen und herausfinden, wobei sie gelogen hatte. Um Melanie wollte ich mich selbst kümmern. Ich wusste zwar noch nicht wie, aber mir würde schon noch was einfallen.

Zufrieden knabberte ich weiter an meinem Heu und muss wohl irgendwann eingeschlafen sein. Als Nächstes war es nämlich hell und Oleg servierte das Frühstück, meine Spezialmischung à la Maison, von der Frau liebevoll vorbereitet und in einem verschlossenen Eimerchen vor meine Box gestellt. Lecker. Und dann hatte ich eine Vision. Gerade eben noch an die Frau gedacht und plötzlich stand sie vor mir. Huch. Da hab ich mich doch tatsächlich ein bisschen erschreckt. Wie sich herausstellte, war es aber kein Geist, sondern die echte Dana, die anscheinend nur mal gucken wollte, was ich um diese Uhrzeit so mache. Manchmal ist sie ja wirklich putzig.

Ich sah nach gegenüber, um herauszufinden, was meine neue Freundin von der Überfürsorge meines besorgten

Frauchens hielt. Anscheinend nichts, denn sie frühstückte konzentriert. Ebenso Faxe. Companero hatte meinen Blick offensichtlich fehlinterpretiert, denn er zwinkerte mir zu und meinte: „Gut gemacht, Kumpel!" Ich beschloss, mich über gar nichts mehr zu wundern.

Da kamen auch schon Oleg und Alexej. Sie begannen, die Pferde jeweils paarweise auf die Weiden zu führen. Pfridolin schien auffällig interessiert an der neuen Stute ihm gegenüber und ziemlich desinteressiert an seiner Besitzerin, so dass sich Dana schnell auf den Weg nach Hause machte, um sich zu duschen und umzuziehen. *Und warum? Nur, damit ich mich wieder neu einferkeln kann,* dachte sie lakonisch. *Vielleicht hat es aber auch damit zu tun, dass ich Guntram ziemlich nett finde.* Gegen Mittag war sie wieder auf dem Petershof. Sie hatte Glück gehabt, im Nachbarort Diepenmühle war Schützenfest, und an den festlich geschmückten Straßen standen schon Absperrungen für den großen Schützenzug bereit. Aber die freundlichen Ordner hatten sie gerade eben noch durchgelassen.

Das große Diepenmühler Schützenfest war für jeden aufrechten Diepenmühler und jede stolze Diepenmühlerin der Höhepunkt des Jahres, und der berittene Schützenzug mit den prächtigen Friesen aus der Zucht von Gerrit van de Velde lockte viele Besucher an. Er war der wahrscheinlich erfolgreichste Friesenzüchter weit und breit, und seine stolzen, lackschwarzen Pferde mit den wallenden Mähnen waren die Attraktion des Schützenzuges. Die Liebe hatte ihn nach Diepenmühle verschlagen. Er hatte seine spektakulären Friesenstuten mitgebracht und in Diepenmühle eine weithin bekannte Friesenzucht aufgebaut. Geritten wurden die festlich geschmückten Pferde von den ortsansässigen Schützen, die im Gegensatz zu ihren städtischen Schützenbrüdern nicht nur anlässlich des Schützenfests, sondern auch an ziemlich vielen anderen Tagen des Jahres fest im Sattel saßen. Auch ein Amazonencorps gab es, angeführt von Mary Westmann, der Westerntrainerin vom Petershof, die in jedem Sattel eine gute Figur machte. Die Diepenmühler Schützen schossen weniger, pflegten dafür aber andere, ehrwürdige Traditionen wie zum Beispiel die mehrfach jährlich ausgetragenen Wettbewerbe im Ringstechen. Melanie als Großstädterin war mit diesen ländlichen Traditionen völlig überfordert gewesen und kannte noch nicht mal Ringstechen.

„Echt nicht?"

„Nein. Wenn ich's dir doch sage!"

„Aaaaalso. Das geht so: man nimmt ein Pferd, ein klitzekleines Spießchen und einen Ring. Den Ring hängt man in so einer Höhe auf, dass man ihn theoretisch vom galoppierenden Pferd aus mit dem Spießchen aufnehmen könnte."

„Wieso nur theoretisch?"

„Weil der Ring klitze-klitzeklein ist und du ihn im Galopp erwischen musst. Er darf auch nicht vom Spießchen runterrutschen."

„Aha. Sagt man wirklich Spießchen? Das hört sich irgendwie untraditionell an." In Wirklichkeit hieß das Ding Ringstecher, was Melanie aus irgendeinem Grund maßlos zu erheitern schien.

Auf jeden Fall kündigten sich große Ereignisse an. Alle Häuser waren geschmückt und bunte Wimpel flatterten vor dem strahlend blauen Himmel. *Die haben ja weder Kosten noch Mühen gescheut - das wird sicher ein denkwürdiger Schützenzug,* dachte Dana und ahnte nicht, wie recht sie behalten sollte. Was für ein Glück, dass sie noch durch Diepenmühle fahren konnte, bevor die Absperrungen endgültig aufgestellt wurden. Sie hatte sich mit Guntram für 12 Uhr verabredet und war froh, dass sie keine großen Umwege mehr fahren musste.

Wie es jetzt wohl weiterging? Sicherlich würde sie eine Zeugenaussage über die Öffnung des Spindes abgeben müssen. Aber man musste da ja nicht unbedingt reinschreiben, dass sie um ein Haar eins auf den Deetz bekommen hätte und das dann mit selbstgebranntem Schnaps gefeiert hatte, dachte sie mit einem Anflug von Selbstkritik, während sie ihr Auto auf dem Parkplatz des Petershofs abstellte und ausstieg.

Ups, jetzt stand sie ja schon wieder auf Ralphs Stallgasse. Geistesabwesend war sie an den Ort ihrer gestrigen Heldentat zurückgekehrt. Na, und wo sie schon einmal hier war, konnte sie ja auch direkt mal nach dem Rechten sehen, oder? Sie ging an den leeren Boxen vorbei und bog in den Gang mit den Spinden ein. Von weitem konnte sie schon sehen, dass einer davon offenstand. Er schien leer zu sein. Sie musste gar nicht näher herangehen, um das Namensschild „Elysee" auf der Tür zu lesen.

„He, Dicker!" Eine fremde Stimme. Ich fraß weiter.

„He, du entzückendes Pummelchen!"

„Faxe, ich glaube, dein Typ wird verlangt", wusste ich ohne hinzusehen.

„Nein, ich meinte dich da drüben. Den vollschlanken Braunen mit der originellen Frisur!"

Das wurde ja immer schöner. Jetzt ließen einen die Fans noch nicht mal mehr in Ruhe essen. Ich hob den Kopf und sah mich um.

„Hier bin ich. Hier drüben, am Zaun!"

Auf der Stutenweide bemühte sich eine ziemlich große und ziemlich kräftig gebaute Stute, meine Aufmerksamkeit zu erringen. Und was soll ich sagen, mit weiblicher Raffinesse und subtilen Tricks ist es ihr gelungen. Lässig schlenderte ich zum Zaun.

„Selber Pummelchen", sagte ich zur Begrüßung. „Ich bin nämlich nicht dick, ich hab nur einen tiefen Schwerpunkt."

„Irgendwie musste ich dich ja rufen. Ich hab doch keine Ahnung, wie du heißt!"

„Mein Name ist Dirksen. Pfridolin Dirksen." Mann, hörte sich das uncool an. Langsam brauchte ich aber wirklich einen neuen Nachnamen. „Und du heißt…?"

„Else. Und ich wollte dir nur sagen, dass deine Mähne schief geschnitten ist. Nur für den Fall, dass du das noch nicht weißt. Aber das rosa Halfter reißt das wieder raus."

Das war mir nur ein schwacher Trost, vor allem, weil Companero und Faxe ganz unauffällig beim Grasen immer näher zu uns herübergekommen waren, Augen und Ohren weit aufgesperrt. „Toll, danke."

„Du hast überhaupt coole rosa Sachen. Sowas hätte ich auch gern."

174

Faxe machte ein merkwürdiges Geräusch irgendwo zwischen Lachen und Schnauben. Nahmen denn diese Peinlichkeiten kein Ende? Aber ich war ja nicht umsonst Geheimagent und James Bonds kleiner Bruder. Ein kluger Kopf wie ich konnte sogar aus dieser Situation einen Nutzen ziehen.

„Mein Freund Faxe hier", mit dem Kopf wies ich auf ihn, „hat eine Rosa-Allergie. Der Arme bekommt dann immer Ausschlag, aber mehr so innerlich. Es reicht, wenn man das Wort nur sagt." Diesmal schnaufte auch Companero.

„Hat der etwa auch Rosa-Allergie?"

„Pscht, nicht immer dieses Wort sagen. Ich neutralisiere das jetzt, durch positives Denken und heilende Haarenergie."

„Wow, was du alles kannst." Else war beeindruckt.

„Dafür müssen wir aber von hier weggehen. Hier gibt es zu viele negative Schwingungen. Wir sehen uns!" Ich drehte mich um und galoppierte weg. Faxe und Companero folgten mir.

11. Kapitel, in dem die Auflösung bevorsteht

Ein Streifenwagen fuhr langsam auf den Hof. In ihm saß ein sehr glücklicher Polizeibeamter, der endlich Fortschritte in wenigstens einem seiner Fälle gemacht hatte und es genoss, ausnahmsweise nicht mit seinem missmutigen Kollegen Wollmeier zusammenzuarbeiten, sondern es stattdessen mit einer sehr netten, sehr hübschen und sehr klugen Frau zu tun hatte, die zwar auch irgendwie verdächtig war – letztlich war in einem Mordfall jeder außer der Leiche verdächtig - , aber seiner Meinung nach nicht als Täterin in Frage kam, denn er war schwer von ihr begeistert, und das war ja dann wohl der berühmte Polizei-Instinkt. Die Sonne schien, der Himmel war blau und das Leben schön. Und wenn erst einmal die Unterlagen aus dem Spind ausgewertet waren, war der Mörder so gut wie verhaftet. Was für ein Glück, dass Dana diesen Schlüssel gefunden hatte! Und dass sie beide den passenden Spind entdeckt hatten. Den ollen, eingestaubten Spind hatte offenbar niemand mit Ralph Reißmann in Verbindung gebracht. Da hätten er und seine Kollegen schön lange suchen können. Aber so war alles gut. Siggi Wollmeier ermittelte in Köln und er war hier auf dem Petershof, und die Sonne schien und der Himmel war blau und überhaupt war alles ganz großartig. Glückselig parkte Guntram den Streifenwagen vor dem Peters'schen Wohnhaus.

So richtig kam er aber nicht zum Aussteigen, denn in dieser Sekunde war auch schon Dana bei ihm, die ihm sagte, er sollte sich besser nochmal hinsetzen, sie müsste ihm nämlich etwas sagen. Als Guntram die Hiobsbotschaft so halbwegs verdaut hatte, drängte es ihn zum Tatort.

„Kommst du mit?", fragte er Dana.

„Na klar. Bin ich neugierig oder bin ich neugierig?"

„Sowohl als auch, glaube ich. Außerdem kannst du die schweren Sachen tragen. Das machen Assistenten immer."

„Dafür, dass dir grade deine Beweise zum Teufel gegangen sind, bist du aber ziemlich gut gelaunt", merkte Dana an.

Dummerweise störten wir John-Boy gerade bei einer kleinen Gesangsdarbietung. Er wieherte „Küssen kann man nicht allein" und war gerade bei einer besonders romantischen Textstelle angekommen, als Faxe, Companero und ich volle Kanne auf ihn zugaloppierten und die Bremse nicht sofort fanden, weil es bergab ging. Die beiden waren mir freundlicherweise gefolgt, als ich mich durch hastiges Weglaufen aus dem zunehmend peinlicher werdenden Gespräch mit Else gerettet hatte. Wir hatten eine saubere Kehrtwendung vollzogen und waren im gestreckten Galopp Richtung Süden gerannt, direkt auf den sentimental säuselnden Grandseigneur des Petershofes zu. Da wir mit allem gerechnet hätten außer einem greisen Gesangsstar, entgleiste uns dreien erstmal der Unterkiefer. Blöd nur, dass währenddessen der Elektrozaun immer näher kam. Im wirklich allerletzten Moment machten wir einen Schwenk nach links und kamen zum Stehen.

„Ihr Banausen sollt mich nicht immer stören! Hier geht es um Kunst und Romantik und höhere Dinge, von denen ihr noch keine Ahnung habt!", ereiferte sich John-Boy, den wir anscheinend mächtig aus dem Konzept gebracht hatten.

„Genau! Stört uns nicht, es war grade so … so … nostalgisch!", tönte es aus der Entfernung. Peppy's Little Love, unser aller großer Schwarm, war offensichtlich ebenfalls nicht mit der Unterbrechung einverstanden. John-Boy reagierte geschmeichelt und machte sich an die nächste Strophe.

„Stopp, stopp, stopp, so geht das nicht!" Faxe bezog vor John-Boy Position.

„Das siehst du doch, wie das geht." Der alte Wallach lachte meckernd. Vielleicht war das aber auch schon die nächste Strophe, mit mittelalterlicher Musik kannte ich mich nicht so aus. Companero, der sich bislang zurückgehalten hatte, fragte mich: „Waß hat Fakße? Ißt daß dieße Roßa-Allerrrgie, über die ihrrr vorrrrhin geßprrrochen habt?"

„Nein, Companero. Das ist, wenn mich nicht alles täuscht, schlichte Eifersucht."

„Eifersucht, ha! Dass ich nicht lache! Was hat er, dass ich nicht habe?", ereiferte sich Faxe.

„Altmodische Lieder mit altmodischen Texten, auf die die Mädels anscheinend abfahren?", schlug ich vor.

„Kombiniert mit grauen Schläfen, einer gewissen Ausstrahlung und dem absoluten Willen, sich zu blamieren."

„Ja schon. Aber sonst – was hat er sonst?"

„Ein großes Repertoire an kitschigen Liebesliedern."

„Und jede Menge Erfahrung, ihr Rotzbengels. Also stört mich jetzt nicht weiter. Ein Letztes noch: Ist dein verschwundener Freund wieder aufgetaucht?" Die Frage war an mich gerichtet.

„Ja, John-Boy. Der steht direkt vor dir."

„Ach. Jetzt, wo du es sagst." Er blinzelte Faxe kurzsichtig an. „Fast hätte ich dich mit meiner ehemaligen Freundin Anneliese verwechselt. Die hatte auch so pralle, ausladende … also fast so tolle Kurven wie du, meine ferne Schöne!" Im letzten Moment hatte er sich daran erinnert, dass seine aktuell Angebetete in Hörweite war. „Und nun, meine Hübsche, werde ich mit meiner Darbietung fortfahren. Sobald uns diese haarigen, unzivilisierten Gesellen nicht mehr mit ihrer unromantischen Gegenwart stören."

Faxe grummelte schlecht gelaunt vor sich hin. Er hatte John Boys unschöne Gesangsdarbietung schon ungnädig aufgenommen, aber das arrogante Auftreten des alten Wallachs hatte irgendetwas in ihm ausgelöst, was ich im Nachhinein als akutes Beta-Männchen-Syndrom bezeichnen würde. Das Beta-Männchen an sich leidet an chronischer Selbstüberschätzung, beneidet das Alpha-Männchen (mich) und wiegt sich in dem gefährlichen Irrglauben, es könne selbst ein Alpha-Männchen werden, Gefahren trotzen und eine eigene Herde anführen. Inhaltlich ging es bei seinem Gegrummel um alte Säcke, Nervensägen und um „euch wird ich's zeigen, jawohl. Ihr werdet schon noch sehen." Mehr hab ich leider nicht mitbekommen, denn das Gras war mit einem Mal ausgesprochen lecker. Als ich wieder hochsah, war Faxe verschwunden.

Dieses Mal klangen die Geräusche von draußen anders. Mariella schreckte hoch. Sie war anscheinend doch auf dem Fußboden eingeschlafen. Die Stimmen klangen deutsch, und ein Lkw war auch nicht zu hören. Mariella hatte Angst. Was, wenn das dieselben Männer waren, die ihr vorhin eins über den Schädel gezogen hatten? Sie glaubte nämlich nicht, dass sie gestolpert war und sich den Kopf gestoßen hatte. So ungeschickt war sie nicht, und vor allem würde sie sich an so etwas erinnern. Nein, entschied sie. Die mit den Lkws und den ausländischen Stimmen waren es gewesen. Vielleicht Einbrecher, die das Lager leergeklaut hatten? Sie konnte immer noch nichts sehen, so dunkel war es, und sie wollte mittlerweile nur noch raus hier. „Hilfe! Ich bin hier eingesperrt!" Die Männerstimmen wurden leiser. Oh nein, bitte nicht weggehen! Allein würde sie sich nie befreien können! „HILFE! Ich bin hier drin! Eingesperrt! Bitte helfen Sie mir!"

„Sauber aufgebrochen. Siehst du, hier. Und hier." Guntram weihte Dana in die Geheimnisse der Kriminaltechnik ein. „Derjenige hat das sicher nicht zum ersten Mal getan. Anfänger setzen den Hebel meist ungeschickter an, so dass es Kratzer gibt. Aber das hier wurde sehr ökonomisch gemacht." Der Spind war komplett ausgeräumt. Dana fragte nach Fingerabdrücken.

„Um die müssen wir uns nicht kümmern. Hier gibt es eine Million Fingerabdrücke, die man unmöglich zuordnen kann. Außerdem hat der Täter, wenn es denn ein Mann war ...", er sah sie nachdenklich von der Seite an, „mit Sicherheit Handschuhe getragen."

Dana wurde es mit einem Mal ganz anders.

„Was soll denn das heißen ‚wenn es ein Mann war'? Verdächtigst du jetzt etwa mich?"

Guntram antwortete erst einmal nicht. Danas Blutdruck stieg.

„Wie viele Leute wussten, dass hier in dem Spind Beweismittel sind?"

Dana wollte aufbrausen, dachte dann aber nach. „Wir beide. Oleg. Alexej. Und natürlich Kiki und ihre Eltern."

„Siehst du, du bist nicht die einzige Frau, die weiß, dass hier etwas Verdächtiges gefunden wurde." Guntram grinste so, dass ihm Dana am liebsten einen harten Gegenstand an den Kopf geworfen hätte. „Aber", und hier wurde er wieder ernst, „du hättest mir natürlich nicht erst den Schlüssel gegeben, um dann hinterher den Spind aufzubrechen. Damit bist du raus."

„Vielen Dank, sehr gönnerhaft", zickte Dana.

„Wie du meinst. Möchtest du lieber unter Verdacht stehen?"

„Nei-hen. Können wir jetzt bitte weitermachen?"

„Gern. Du müsstest mir bitte genau erzählen, was alles in dem Spind war. Ich protokolliere das und du unterschreibst es mir."

„Ok, lass mal überlegen. Also da waren Beruhigungsmittel, Schmerzmittel und Capsaicin."

„Capsaicin ist was?", unterbrach Guntram.

„Capsaicin ist das Zeug, das Cayenne-Pfeffer scharf macht. Es wirkt durchblutungsfördernd, wärmend und reizend. Wenn man es auf Pferdebeine aufträgt und das Pferd dann beim Springen eine Stange berührt, tut das mehr weh als sonst, weshalb die Pferde vorsichtiger sind. Den gleichen Zweck sollten die Gamaschen mit den Reißnägeln drin erfüllen, nur, dass man da die Manipulation leichter aufdecken kann. Das ist wirklich eine Riesensauerei, und mir tun Ralphs Pferde echt leid. Schon allein die ganzen Schmerzmittel! Ein lahmendes Pferd reitet man nicht. Außer, man ist ein Arschloch und will mit dem armen Tier Geld verdienen."

„So langsam wird mir klar, was für ein liebenswerter Mensch der Herr Reißmann war", sinnierte Guntram. „Das ist doch Tierquälerei!"

Meine Suche nach Faxe blieb vergeblich. Das mit dem Verschwinden hatte er mittlerweile ganz gut raus. Keiner hatte ihn gesehen oder wusste, wo er war. Ich hatte sogar den kleinen weißen Ausbrecherkönig Blacky gefragt, der seine tägliche irritierende Runde über alle Weiden des Petershofs drehte. Soweit ich aus ihm und seinem stoischen Gesichtsausdruck schlau wurde, hatte auch er keine Ahnung, wo Faxe steckte. Na toll. Mein Assistent hatte mich mal wieder im Stich gelassen. Apropos Assistent: Vielleicht hatte wenigstens Stuti neue Erkenntnisse für mich? Hoffnungsvoll stapfte ich zur Stutenweide.

Lisette, die ihren Wachtposten am Zaun anscheinend nie verließ, verdrehte die Augen.

„Na, wen willst du jetzt wuschig machen?"

„Wie meinst du das?", fragte ich empört, sah ich mich doch in meiner Funktion als Detektiv zunehmenden Anfeindungen ausgesetzt.

„So wie ich es sage. Erst war es Peppy. Dann Else. Stuti hast du auch irgendwelche Flausen in den Kopf gesetzt."

„Gar nicht! Wir haben nur miteinander gesprochen."

„Wohl eher geheimnisvoll getuschelt. Wenn es so geheim ist, dass es keiner wissen darf, ist es immer Blödsinn. Vor allem, wenn einer von euch Jungs daran beteiligt ist."

„Jetzt ist aber mal gut. Die Damen unterstützen mich bei meinen Ermittlungen. Es geht hier nämlich um das Wohl der Allgemeinheit", erklärte ich fachmännisch. Ich glaube, Lisette war ein bisschen beeindruckt. Sie sah mich nämlich ungläubig an. Das tun viele, die von meiner Tätigkeit als Privatermittler erfahren.

Dann fing sie an zu lachen. Das war nicht ganz so schön, weil sie sich dabei wie ein jodelndes Maultier anhörte. Ich tröstete mich mit dem Gedanken, dass sie sich vielleicht nur verschluckt hatte und wartete geduldig. Knallharte Ermittler müssen starke Nerven haben. Als sie endlich Ruhe gab, sagte ich mit stählerner Stimme: „Stuti. Ich muss mit ihr sprechen. Sofort."

Die ältere Stute sah mich an. „Hat dir schon mal jemand gesagt, dass du total süß aussiehst, wenn du einen auf groß und böse machst?"

„Ja, meine Mutter", knurrte ich.

Lisette schüttete sich aus vor Lachen. Es ist eine wunderbare Gabe, wenn man Frohsinn und Heiterkeit verbreiten und so das traurige Leben der anderen verschönern kann, dachte ich. Aber es wäre halt auch schön, wenn diese surreale Szene aufhören und ich ganz normal mit der wunderbar netten Stuti quatschen könnte. Und vielleicht sogar etwas herausfände, was zur Lösung dieses Falles führte. Denn mal ganz unter uns: So einen verteufelt schwierigen Fall kann nicht jeder bearbeiten. Dafür braucht man Spitzenleute, so wie mich zum Beispiel. Da mir nun auch im wahrsten Sinne des Wortes der Assistent fehlte, musste ich handeln.

Ich wieherte.

Stuti galoppierte heran. Lisette guckte mich spöttisch an, zog sich dann aber taktvoll zurück. Wahrscheinlich, damit sie besser lauschen konnte. So hätte ich es jedenfalls gemacht.

„Stuti!" rief ich.

„Pfridolin!" antwortete sie.

„Stuti!"

„Pfridolin!"

Lisette verdrehte im Hintergrund die Augen. Sie hatte Recht. Ich brauchte einen neuen Gesprächsansatz.

„Stuti, du kennst doch meinen Freund Faxe, stimmts?"

„Oh ja, das ist der toll flauschige Tinker mit der Wallemähne! Ist der auch hier irgendwo?"

„Das war er. Und nun ist er verschwunden. Einfach so."

Sie staunte ungläubig. „Vielleicht ist er mit Peppy unterwegs?"

„Wie – mit Peppy unterwegs?"

„Ja, vorhin habe ich sie miteinander sprechen sehen. Ich habe Peppy observiert, weil ich ja jetzt Kommissarin bin und das zu meinem Auftrag gehört."

Ich hatte wohl nicht richtig gehört. „Kommissarin? So schnell geht das nicht mit der Beförderung. Ich finde, du bist erstmal einfache Ermittlungsassistentin."

„Lisette hat aber gesagt, ich sollte mich nicht mit Aushilfsjobs abspeisen lassen und Kommissarin wäre viel cooler."

Dann hielt Stuti mir einen Vortrag über Gleichberechtigung und weibliche Intuition und warum Stuten die besseren Menschen sind. Ich gab mich geschlagen.

„Also gut, dann bist du halt Kommissarin. Hauptsache, du tust, was ich dir sage. Dann bist du auch nicht in Gefahr. Dein großer, starker Freund beschützt dich."

„Lisette hat gesagt, dass du sowas sagen würdest. Kennt ihr euch schon länger?"

„Ja."

„Da wäre ich ja nie draufgekommen", kicherte sie. „Willst du jetzt wissen, was ich herausgefunden habe?"

„Ja."

„Jetzt sei doch nicht so einsilbig!"

„Würdest du mir erzählen, was du herausgefunden hast?"

„Sag bitte."

„Bitte", knurrte ich.

„Und Frau Kommissarin."

„Bitte, Frau Kommissarin." Ich war den Tränen so nahe, wie es ein Fast-Hengst sein konnte. Ich war mit den

Nerven am Ende. Sollte Faxe es noch einmal wagen, mir unter die Augen zu treten, ich wüsste nicht, was ich täte. Wahrscheinlich leise schluchzen, aber vielleicht käme es auch zu einem Temperamentsausbruch. Ich bin nämlich nicht ganz so harmlos, wie man denkt. Zwischen meinen entzückenden Puschelöhrchen steckt ein cleveres Köpfchen, und meine Hinterhand ist pures Dynamit. Endlich erzählte Stuti.

Die Titelmelodie von „Shaun, das Schaf" erklang. Kurze Irritation bei Dana, bis Guntram sein Handy am Ohr hatte. „Fritz", meldete er sich.

„Wsdwbl", antwortete eine leise Stimme.

„Ich hab nur einen Balken Empfang", antwortete Guntram. „Ich geh mal raus vor die Tür, vielleicht ist es da besser."

„Wswibbelwibbwl", antwortete die Stimme.

Dana folgte ihm unauffällig und mit gespitzten Ohren. Schließlich hat er mir nicht verboten, hier rumzulaufen, rechtfertigte sie diesen Einbruch in Guntrams Privatsphäre. Als sie allerdings die galoppierenden Hufe hörte, verlagerte sich ihr Interesse spontan und sie rannte an ihm vorbei.

Vorbei an der Reithalle, aus der jetzt auch Menschen gelaufen kamen und hin zum Parkplatz. Auf der Zufahrt näherte sich eine Gruppe Reiter im Galopp, angeführt von einem reiterlosen Tinker. Wenn man genau hinsah, bemerkte man den Stolz in seinen Augen, aber auch die Sorge, ob er wohl das Tempo halten könne. Und nicht zuletzt die Anstrengung, denn es war ein sonniger Junitag geworden, und mit so einer üppigen Tinkerbehaarung wird einem schnell mal warm. Die Reiter trugen sämtlich Uniform. Der ein oder andere hatte seinen Federpuschelhut allerdings schon während der wilden Galoppade verloren. Dana kombinierte messerscharf.

„Der Schützenzug! Aber was machen die hier? Und wieso ist Faxe dabei?"

„Vielleicht treiben die Schützen Faxe zum Stall zurück?" mutmaßte Marie, die gerade angekommen war.

„Das glaubst du doch wohl selbst nicht!", erwiderte Dana. „Guck dir mal die Gesichter an. Ich glaube, es ist genau andersrum – Faxe hat den Schützenzug entführt!"

Sie überlegte kurz, ob sie sich Sorgen machen müsste und entschied sich dann dagegen. Pferde und Reiter hatten sichtlich Spaß an der schnellen Gangart. Im Gegensatz zu städtischen Schützencorps waren die ländlichen Schützen aus Diepenmühle von Haus aus Jagd- und Geländereiter und wussten meistens, was sie taten. Anscheinend hatten sich die Pferde durch Faxe soweit irritieren lassen, dass sie durchgegangen und ihm in vollem Galopp gefolgt waren. Die Reiter hatten offensichtlich nicht allzu viel unternommen, um ihre Tiere zu verlangsamen, sondern hatten sie weiter geradeaus laufen lassen und vielleicht sogar (Dana kannte doch die hiesigen Reiter!) zu noch höherer Geschwindigkeit aufgefordert.

Die anderen Pferdebesitzer und Besucher, die durch die galoppierenden Hufe alarmiert worden waren, versuchten vorsichtig, die Pferde zu verlangsamen oder sogar einzufangen, mussten aber schnell einsehen, dass ihr Vorhaben zum Scheitern verurteilt war, vor allem deshalb, weil weder Pferde noch Reiter eingefangen werden wollten.

„Aus dem Weg!" rief der Schützenoberst, dessen Uniform besonders prunkvoll verziert war. „Bloß nicht stoppen, so schnell läuft der Gaul sonst nie!"

Faxe galoppierte entschlossen weiter und führte seine Herde an Parkplatz und Reithalle vorbei. In einer Staubwolke bog die Kavalkade rechts in den Weg zu den Koppeln ein.

Guntram steckte sein Handy weg und bahnte sich einen Weg zu Dana, die inmitten einer Gruppe diskutierender Menschen stand. Für Samstagmittag war es ganz schön voll auf dem Hof. Marie hatte ihre Familie zu Besuch, Melanie eine Gruppe von Bibliothekarinnen, mit denen sie seit dem Studium befreundet war, und der schöne (*ach nein, schnöselige*, korrigierte sich Dana in Gedanken hastig) Felix wurde von mehreren Besucherinnen umschwarmt, die sicherlich nicht wegen eines Schülerpraktikums in seiner Schreinerei an ihm interessiert waren. Wegen des großartigen Frühlingswetters hatten viele Städter einen Ausflug aufs Land unternommen und Freunde, Verwandte und Bekannte besucht, deren Pferde auf dem Petershof wohnten.

Auch Björn, den Bestatter, hatte Dana an diesem turbulenten Tag kennengelernt. Er war tatsächlich unfassbar sympathisch. Nur schade, dass er seinen Dudelsack nicht dabeihatte. Das hätte das Bild für Dana rundgemacht. Zum Ausgleich erzählte er sehr anschaulich von seinen ersten Ausreitversuchen mit Else. Seine studierende Tochter Nadja, Elses frühere Reiterin, kannte die Geschichten anscheinend noch nicht, sie machte nämlich große Augen und kam gar nicht aus dem „Aber Papa!"- Sagen heraus.

Abgesehen von vereinzelten Ausnahmen war der vorbeigaloppierende Schützenzug also DAS Gesprächsthema auf dem Petershof. Man erörterte gerade, wie so etwas überhaupt passieren konnte und wohin die Pferde denn nun gelaufen waren.

Das änderte sich in dem Moment, als der zweite Streifenwagen auf den Hof fuhr. Guntram stand mittlerweile neben Dana und versuchte, ihr etwas zu sagen. Leider war der Geräuschpegel mittlerweile so hoch, dass Dana ihm mit Gesten bedeutete, er möge ihr das doch bitte später erzählen. Guntram überlegte kurz, ihr per WhatsApp zu schreiben, hatte ihre Handynummer aber noch nicht eingespeichert. Mist. Und außerdem war ihm gerade jemand auf den Fuß getreten. Das war aber mittlerweile ein ganz schönes Gedränge für diese Tageszeit. Andere Leute aßen sonst um die Zeit Mittag, aber Reiter waren da wohl anders. Oder waren die Leute hier aus der Gegend alle so gestrickt? Er war Städter - mit dem Landleben kannte er sich nicht so aus.

Der Fahrer des Streifenwagens hatte umständlich versucht, rückwärts einzuparken, sich dann aber dagegen entschieden und war jetzt mitten auf dem Parkplatz stehengeblieben, wo er mindestens drei andere Fahrzeuge behinderte. Die Menge raunte und reckte den Hals. Dana auch. Guntram verdrehte die Augen. Langsam öffnete sich die Fahrertür.

12. Kapitel, in dem eine Festnahme erfolgt

Stuti war gerade fertig mit ihrem Bericht, als sich galoppierende Pferde näherten, und zwar ziemlich viele. Ein Detektiv wie ich kann so etwas sofort erkennen. Das hat was mit dem detektivisch geschulten Wahrnehmungsvermögen und meinen ganz speziellen analytischen Fähigkeiten zu tun. Ich spähte zu John-Boys Weide hinüber. Von links näherte sich eine Herde Pferde mit Reitern. Vorneweg galoppierte ein reiterloser, dicklicher Tinker.

„Was ist denn da los?", fragte Stuti.

„Ich weiß es noch nicht, aber ich werde es herausfinden, denn ich bin Detektiv", erklärte ich ihr.

„Ich auch."

„Aber nur fast."

„Gar nicht. Ich bin Frau Kommissarin und kenn mich aus."

Die galoppierenden Pferde bogen um die Ecke der Schulpferdekoppel und kamen auf meine und die benachbarte Stutenweide zu. Stuti reckte den Hals. „Ist das nicht…?" Ein völlig abgehetzter Faxe preschte hügelan auf unsere Weide zu, im Schlepptau eine Horde kostümierter Schützen.

„Faxe! Aber … warum?"

„Kann jetzt nicht sprechen…. zu anstrengend…", schnaufte Faxe.

„Dann hör doch auf zu rennen", erwiderte ich geistesgegenwärtig.

„So einfach … ist das nicht. Das ist doch jetzt …. meine Herde!"

„Und wohin führst du sie?"

„Weiß ich auch … noch nicht. Aber ich kann … doch jetzt nicht einfach aufhören zu laufen! Nachher finden die … die Bremse nicht und … rennen in mich rein!"

Da hatte Faxe aber mal ein interessantes Problem.

„Und deine Herde – woher kommt die so?", fragte ich vorsichtig.

„Das sieht doch ein Blinder", mischte sich Stuti von der anderen Seite des Zauns ein. „Er hat den Schützenzug entführt!"

Faxe schnaufte weiter bergauf. Die gut trainierten Warmblüter der Schützen hielten mühelos mit.

„Fällt dir … nichts ein? Ich kann … nicht mehr!", keuchte er, bevor er aus meinem Sichtfeld verschwand.

„Jo. Da hat er aber mal ein Problem", befand Stuti.

„Gleich ist er bei Ralphs Pferden vorbei und wohin dann?", überlegte ich. „Rechtsrum am Misthaufen vorbei und Richtung Parkplatz? Oder linksrum ins Ausreitgelände? Apropos Ralph: Das ging ja vorhin alles sehr schnell. Außerdem neigst du dazu, dich zu verzetteln, wenn du von deinen Ermittlungen berichtest. Vielleicht ist es eine gute Übung für dich, wenn du es jetzt noch einmal formulierst, und zwar kurz und knapp."

„Ok." Stuti nickte nachdenklich. „Habe ermittelt. Habe Peppy observiert und ausgehorcht. Ist ein komisches Pferd, weil Felix kritiklos ergeben. Für ihn würde sie morden, stehlen und lügen, hat sie mir erzählt. Ich weiß ja nicht, was der für ein Deo benutzt, aber Peppy liebt es und ist ihm anscheinend hörig. Aber so genau wolltest du das gar nicht wissen, stimmt's?"

„Bleib bei der Sache und fass dich kurz", knurrte ich. So genau wollte ich wirklich nicht wissen, wen Peppy noch alles mehr liebte als mich.

„Wo war ich?", überlegte Stuti. „Hab ich dir schon von Faxe und Melanie erzählt? Oder ist das wieder ausschweifend?"

„Im Zweifel ja."

Konrad hatte zwar irgendwas von Melanie genuschelt, aber mich im gleichen Augenblick nicht erkannt. Das war also nicht weiter wichtig. Offenbar nahm er Drogen. Manche Pferde bekommen ja so Spezial-Beruhigungs-kräuter, damit sie sich in harmlosen Situationen nicht so echauffieren. So ähnlich wie die Beruhigungskräuter in unserer Futterkammer - ich glaube, die Frau nimmt die immer, wenn wir ausreiten.

So geistesabwesend, wie Konrad oft war, lag das wohl nicht nur an seiner ganz normalen Konrad-Verpeiltheit. Vermutlich hatte er zusätzlich noch einen ziemlichen Verbrauch an diesem Baldrianzeugs. Wahrscheinlich kannte er Melanie nicht einmal.

„Na dann eben nicht. Ich kann auch weiter grasen gehen, wenn du keinen Wert auf qualitativ hochwertige Ermittlungsergebnisse legst."

„Doch, doch, unbedingt!" versicherte ich. Dass das Hilfspersonal aber auch immer so kompliziert sein musste. Dank Lisettes Einflüsterungen war Stutis Selbstbewusstsein anscheinend kolossal gewachsen, was ja einerseits irgendwie schön war, mir das Leben aber andererseits auch ziemlich schwer machte.

Sie sah mich zweifelnd an. „Meinst du das ernst? Du guckst so komisch."

„Doch, echt. Ich kann auch gar nicht anders gucken als so." Keine Antwort. Ich versuchte es nochmal. Manchmal muss ein Fast-Hengst eben tun, was ein Fast-Hengst tun muss.

Ich sah sie gefühlvoll an. „Stuti", sagte ich mit sonorer Stimme. „Überleg doch mal. Das ist unser Fall. Deiner und meiner, und du und ich, wir werden ihn gemeinsam lösen."

„Ist irgendwas mit deiner Stimme? Die klingt so heiser." Stuti hatte eindeutig zu viel Umgang mit Lisette.

Ich räusperte mich.

„Da. Schon wieder!"

Ich fuhr fort und versuchte, die Unterbrechungen zu überhören. „Stuti, du bist jung und musst noch viel lernen, und ich werde dir dabei helfen. Bitte erzähl mir jetzt, was du gestern noch beobachtest hast, und ich sage dir, ob es wichtig ist."

„John-Boy gräbt Peppy an und sie ..."

„Unwichtig", winkte ich ab. „Man hört ihn ja bis hier."

John-Boy hatte sich – von kurzen Fresspausen abgesehen – rangehalten und intonierte gerade etwas, das er umständlich „Serenade für meine Liebste" nannte und mit großem Getöse angekündigt hatte.

„Faxe und Peppy stehen ganz lang am Zaun nebeneinander und gucken sich komisch an."

Faxe, der Möchtegern-Schwerenöter. Bestimmt versuchte er, die hübsche Peppy durch aktives Rumstehen zu beeindrucken. Rumlaufen und Imponieren war ja nicht so seins. Nie gewesen. Zu anstrengend, sagte er immer. Das hätte er sich vielleicht vorher überlegen sollen, bevor er seinen Schützenzug entführte. Bei Peppy hatte er auf jeden Fall keine Chance, die wartete nur auf so jemanden wie mich, auch wenn sie es selbst noch nicht wusste.

„Und sonst? Was war sonst noch?"

„Na ja, da war die Sache mit Blacky."

„Ach stimmt, die Sache mit Blacky."

Als sie mir die Geschichte zum ersten Mal erzählt hatte, hatte ich irgendwie nicht richtig zugehört. Zum einen sah Stuti so niedlich aus, wenn sie erzählte und zum anderen – zum Teufel, man kann sich ja nicht auf alles gleichzeitig konzentrieren. Gras gab es ja schließlich auch noch. Und in der Geschichte ging es ja schließlich nur um die kleine weiße Nervensäge, mit der sich keiner außer Faxe verständigen konnte. Außer vielleicht Stuti, ging es mir auf.

„Wie war das nochmal genau? In aller Kürze, natürlich."

„Na, ihr beiden Turteltäubchen! Was gibt's denn hier so Interessantes?" Wie ein Rübenlaster polterte Else heran.

Siggi Wollmeier, seines Zeichens Polizeiobermeister, stieg steif und sehr beamtenhaft aus. Sein Beifahrer guckte traurig durchs Fenster nach draußen. Fahrten mit Siggi Wollmeier hatten häufig diese Wirkung auf ihn. Polizeimeister Jonas Schöller hatte es schon mehrfach bereut, dass seine Mutter die Bewerbung zum Polizeibeamten einfach so in den Briefkasten geworfen hatte. Ja schon, er hatte das irgendwie auch unterschrieben.

Und zu den Tests war er auch gegangen, aber nur, weil sie ihn hingeschickt hatte. Er hatte Gutes tun wollen und gleichzeitig auch Verbrecher jagen wollen. Mit 'ner coolen Wumme, so wie die Jungs im Fernsehen. Aber mit so etwas wie Siggi Wollmeier hatte er nicht gerechnet.

Der blickte streng um sich und entdeckte Polizeikommissar Guntram Fritz. Polizeiobermeister Wollmeier räusperte sich schlechtgelaunt. Der aufgeregte Geräuschpegel beruhigte sich und sank etwas. Guntram nutzte das, um Dana etwas ins Ohr zu flüstern. Sie verstand ihn nicht. Er flüsterte nochmal, diesmal lauter. Dana verstand ihn immer noch nicht. Als er sie gerade am Ärmel in eine ruhigere Ecke ziehen wollte, öffnete Siggi Wollmeier den Mund und begrüßte ihn mit kaum verhohlener schlechter Laune. Dass sich sein Vorgesetzter auch immer mit dem gemeinen Volk („Zivilisten") anfreunden musste. Dass man damit keinen Erfolg hatte, würde ihm allerdings gleich klar werden, wenn er, Siegfried Wollmeier, ihn mit seinen jüngsten Erfolgen konfrontieren würde.

„Moin Chef, ich wollte Vollzug melden. Der Einsatz in Köln ist erfolgreich abgeschlossen. In der fraglichen Firma wurden Geschäftsunterlagen und Beweismittel gefunden, die den Tatverdächtigen einwandfrei überführen. Im Lagerraum wurden mehrere gestohlene Sättel sowie eine Zeugin sichergestellt."

„Würden Sie das bitte nochmal sagen? Eine Zeugin wurde sichergestellt?"

„Eine Zeugin wurde sichergestellt?" wiederholte POM Wollmeier. „Und warum soll ich das nochmal sagen?"

Guntram winkte entnervt ab.

„Nach der Sicherstellung der Beweismittel erfolgte die Befragung der Zeugin, bei der es sich um eine Mitarbeiterin des fraglichen Unternehmens handelt. Nach den von ihr gemachten Angaben erschien es uns ratsam …" Weiter kam POM Wollmeier nicht, weil die Erde bebte. Galoppierende Hufe näherten sich.

„Der Schützenzug! Er kommt zurück! Sie haben den Weg an den Koppeln vorbei genommen!", rief Marie.

„Warum tut mein Faxe das nur?", fragte Melanie.

Mit donnernden Hufen fegte der Schützenzug ein zweites Mal heran. POM Wollmeier beäugte die Kavalkade giftig. Er hasste es, unterbrochen zu werden. „Nach den von ihr gemachten Angaben… Ruhe jetzt, Herrschaftszeiten nochmal!"

Leider ließ sich weder Mensch noch Tier von ihm beeindrucken und die ungeordneten Verhältnisse nahmen weiterhin ihren Lauf. Das Häuflein Menschen auf dem Parkplatz hatte vom ersten Umlauf des wildgewordenen Schützenzugs gelernt und sich gemerkt, dass die berittenen Teilnehmer das Spektakel genossen. Daher machte es auch keine Anstalten, sich der wilden Horde in den Weg zu stellen.

Anders Polizeiobermeister Siggi Wollmeier: Empört darüber, dass er in seiner stets frisch gebügelten Polizeiuniform nicht im Mittelpunkt der allgemeinen Aufmerksamkeit stand, näherte er sich entschlossen Faxe, der immer noch als Anführer der wilden Jagd dahinbrauste. Felix konnte ihn gerade noch am Ärmel zurückziehen. Siggi Wollmeier guckte Felix so lange undankbar an, bis der seine Hand von der staatstragenden Uniform nahm.

„Sie. Was sollte das denn gerade?"

Guntram schaltete sich ein. „Er hat Sie davor bewahrt, unter die Hufe zu kommen. Was meinen Sie denn, wie schnell so zehn bis zwanzig Pferde im Pulk bremsen können?"

Wollmeier guckte verstockt und zog es vor, die Frage nicht zu beantworten. Stattdessen murmelte er etwas von „für Ruhe und Ordnung sorgen".

„Jetzt ist es ja ruhig", beschied ihn Guntram. „Was wollten sie mir noch sagen?"

„Nach den von der Zeugin gemachten Angaben erschien es uns ratsam, das Lager einer sorgfältigen Inaugenscheinnahme zu unterziehen. Des Weiteren wurden die fernmeldetechnischen und elektronischen Einrichtungen und Gerätschaften überprüft."

„Er meint die Telefone und PCs", erklärte Dana, die daneben stand und dolmetschte. Felix' Besucherinnen – Marke reich und schön - nickten dankbar.

„Apropos Telefon: ich muss dir dringend etwas sagen", erinnerte sich Guntram. „Vorhin war nämlich …", weiter kam er nicht.

Ein schwarzer Tinker mit mächtig viel Mähne näherte sich langsam. Faxe musste einen Haken geschlagen haben und näherte sich Melanie mit müden Schritten. Die fiel ihrem Pferd um den Hals. In der plötzlichen Stille hörte man ihr glücklichen Quietschen, ein peinlich berührtes zweites Quietschen und die etwas leiseren Worte: „Faxe, mein Faxe! Was hast du da nur gemacht? Ich bin fast gestorben vor Angst!"

Versprengte Schützenbrüder mit zerzausten Federpuschelhüten tauchten einzeln auf und beklagten sich darüber, dass „der fetzige Zwergfriese" einen so fiesen Haken geschlagen habe, dass man fast den Anschluss verloren hätte, mit dem Ergebnis, dass der schnelle Ritt nun leider vorbei war.

Dana wusste nicht, ob sie lachen oder weinen sollte. So ein Chaos auf dem Petershof hatte sie noch nie erlebt. Uniformierte Schützen führten ihre dampfenden Pferde auf dem Parkplatz herum. Melanie hing Faxe um den Hals und redete ernsthaft mit ihm. Jede Menge Pferdebesitzer und Besucher standen herum und wollten wissen, was los war. Dazu kamen zwei Streifenwagen nebst Besatzung, Kiki und ihre Eltern und nicht zuletzt Oleg und Alexej. Und alle, alle, alle redeten durcheinander.

Das war mehr Unordnung, als Siggi Wollmeier in seinem Leben je ertragen musste. Erst der Zugriff in Köln, wo einem permanent eine hysterisch schluchzende junge Frau in die Arme fiel und einem die (frischgebügelte!) Uniform vollschniefte und man auch nicht meckern durfte, weil einen sonst die allgegenwärtige Polizeipsychologin runtermachte und für einen weiteren Eintrag in die Personalakte sorgte, dann die Fahrt ins Polizeipräsidium, wo er einen Abriss bekam, weil die blöde Putzfrau gepetzt hatte, dass er einmal aus Versehen und ganz in Gedanken Klopapier mit nach Hause mitgenommen hatte, und zu guter Letzt dieser Auftritt in einem zutiefst unhygienischen Reitstall, wo alles nach

Pferd stank und Mensch und Tier ungeordnet durcheinanderliefen.

Als dann auch noch ein knapp hundegroßes weißes Pony laut wiehernd auf dem Parkplatz erschien, war es vorbei mit seiner ohnehin nur schwach ausgeprägten Selbstbeherrschung.

„Kann das da", er wies auf Blacky, den Ausbrecherkönig, „wohl mal still sein? Das ist Behinderung polizeilicher Ermittlungen und eine Straftat. Wer ist verantwortlich für das Ding da?"

Mit geübtem Griff fing Marie ihr Minishetty ein und würdigte POM Wollmeier keines Blickes. Felix und Alexej tauschten Blicke. Dana dachte, *das Ding da – das meint der Ernst. Was für ein unglaublicher Idiot! Und die armen Russen müssen jetzt bestimmt wieder alle Zäune kontrollieren und zusätzliche Litzen ziehen. Wie schafft es dieses Pony nur, sich immer so sagenhaft schnell von seiner Weide zu entfernen?*

Marie brachte Blacky in seine Box. Dort war er vor dem Zorn des garstigen Polizisten sicher. Oleg und Alexej diskutierten und waren sich anscheinend nicht ganz einig, wie es weitergehen sollte. Oleg wollte Richtung Wiese gehen, Alexej zog es in Richtung ihrer gemeinsamen Unterkunft, wo auch die Werkstatt war. Sie einigten sich auf unentschieden und blieben erstmal dort stehen, wo sie waren.

Durch seine in gehässigem Tonfall vorgebrachte Frage hatte sich Siggi Wollmeier unmittelbar ins Zentrum der allgemeinen Aufmerksamkeit katapultiert. Die Blicke, die sich auf ihn richteten, waren alles andere als freundlich. Das machte ihm nichts, damit kannte er sich aus. Man musste diesen Zivilisten einfach Respekt beibringen, dann konnte man auch vernünftig arbeiten.

Ungerührt und selbstzufrieden warf er sich in die Brust und setzte seinen Bericht an Guntram fort. „Nach den von der Zeugin gemachten Angaben ist erwiesen, dass in dem fraglichen Unternehmen gestohlene Sättel gelagert wurden. Ferner steht zweifelsfrei fest, dass besagte gestohlene Sättel von dort aus bedarfsorientiert verkauft wurden, und zwar unter Zuhilfenahme von Internet-Plattformen."

„Ah, bei Ebay haben sie die Dinger also verscherbelt. Und nicht alles komplett an einen Großhändler, wie Sie zuerst vermutet hatten."

„Ein Großteil der gestohlenen Sättel wurde unter Zuhilfenahme von Lastkraftwagen ins Ausland verbracht", fuhr Wollmeier triumphierend fort, „zweifellos, um sie dort einer wirtschaftlichen Verwertung zuzuführen. Mit Hilfe der sichergestellten Dateien lässt sich genau nachvollziehen, was gestohlen wurde und wo. Es handelt sich um ein hochprofessionelles Unternehmen, das eng mit dem verstorbenen Ralph Reißmann zusammengearbeitet hat."

Sensation. Ralph Reißmann hatte mit dem Sattelklau zu tun gehabt? Dana konnte es zuerst gar nicht glauben, aber irgendwie passte jetzt alles zusammen. Diejenigen, die Ralph gekannt hatten, tuschelten aufgeregt miteinander, bis Polizeiobermeister Wollmeier ihnen finstere Blicke zuwarf und androhte, er könne den Platz auch räumen lassen.

„Jetzt machen Sie sich doch nicht lächerlich, Wollmeier. Platz räumen lassen, was für ein Unfug! Und wirtschaftliche Verwertung. Mein Gott, Wollmeier, wenn Sie Verkauf meinen, dann sagen Sie doch Verkauf!"

Der guckte verständnislos. „Wie meinen, Chef?"

Guntram Fritz gab auf. „Wie gab es sonst noch?"

„Der Verstorbene hat anscheinend die jeweiligen Örtlichkeiten auskundschaftet, was ihm in seiner Tätigkeit als Berufsreiter problemlos möglich war. Er hatte Zugang zu den unterschiedlichsten Reitanlagen im In- und Ausland, wobei sich mit einer zeitlichen Verzögerung von zirka vier Wochen eine Landkarte der Diebstähle zeichnen lässt."

„Na ja, die bloße Anwesenheit heißt ja noch nichts. Es kann ja auch jemand aus seiner Umgebung gewesen sein."

„Herr Reißmann hat mit Sicherheit nicht allein gearbeitet", gestand Siggi Wollmeier zu. „Es gibt Emails, in denen er sehr offen über seine Pläne schrieb und nach Bestellungen fragte. Offensichtlich wurden auch Sättel nach Bestellung entwendet."

„Email-Ausdrucke habe ich hier auch gefunden. Wollmeier, lassen Sie sich von mir über den aktuellen Stand der Ermittlungen informieren: Hier wurden gestern Beweisstücke zur Person Ralph Reißmann aufgefunden, die detaillierte Rückschlüsse auf den erweiterten Tathergang zulassen. Diese Beweise wurden gestern Abend gefunden. Der Fund war nur wenigen Zeugen bekannt. In der Nacht auf heute wurden die Beweise aus ihrem Versteck entwendet."

„Mööööönsch, Chef – haben Sie denen eine Falle gestellt?"

Jonas Schöller, der bisher gebannt gelauscht hatte, war beeindruckt. Für ihn kam Guntram fast direkt nach dem lieben Gott. Nur schade, dass er immer mit Siggi Wollmeier unterwegs sein und Verkehrskontrollen durchführen musste. Die waren Wollmeiers Liebstes – bisher hatte sich noch in jedem Auto ein abgelaufener Verbandskasten gefunden, was willkommener Anlass zu einer Standpauke und – bei mangelndem Schuldbewusstsein des Delinquenten – einer gebührenpflichtigen Verwarnung war.

Jonas musste währenddessen im Auto bleiben und die einschlägigen Paragraphen der Straßenverkehrsordnung auswendig lernen. Und jetzt war endlich was los und er durfte mitmachen! Zumindest hatte er aus dem Auto aussteigen dürfen, aber das allein war ein Highlight seiner bisherigen Polizeikarriere.

„Gewissermaßen", antwortete Guntram lässig, aber nicht ganz zutreffend, aber jetzt war nicht die Zeit für kleinliche Haarspalterei. „Bei den Fundstücken handelte es sich um Dopingmedikamente und um unerlaubte Hilfsmittel im Pferdesport. Außerdem jede Menge Tabellen und Emailausdrucke, die ich mit dem Handy abfotografiert habe. Diese Beweismittel wurden entwendet. Da ohnehin nur sieben Personen davon Kenntnis hatten, wird die Auswertung der Fotos zur Feststellung des Diebes führen. Ein klassischer Inside-Job, kinderleicht aufzuklären. Der Täter dürfte meiner Meinung nach auch an der Ermordung von Ralph Reißmann beteiligt gewesen sein."

Ein Tumult am Rand der Menschenmenge. Jonas sprintete los und bekam Alexej zu fassen, der sich mit großer Geschwindigkeit entfernen wollte, eine gepackte Reisetasche in der Hand. Dana wusste, dass er sein Auto um die Ecke herum geparkt hatte. Mit russischen Kennzeichen – wahrscheinlich hatte er sich immer einen Fluchtweg offengehalten.

Das war knapp gewesen! Siggi Wollmeier eilte hinterher, um zu überprüfen, ob Jonas auch die richtigen Paragraphen auswendig gelernt hatte. Dana stand mittlerweile einfach nur noch da und wunderte sich, während Guntram sehr cool und sichtlich in seinem Element war. „Da guck, er hatte sogar eine Reisetasche in der Hand. Den muss er wohl schon vorbereitet gehabt haben. Profi halt."

„Aber du hattest doch gar keine Fotos gemacht?", fragte Dana.

„Da ist wohl jemand auf meinen Bluff reingefallen", grinste Guntram. „Aber so ganz überzeugt von der Festnahme ist er nicht."

Jonas und Siggi Wollmeier waren sich nicht einig geworden, wer dem Gefangenen die Handschellen anlegen durfte. Außerdem versuchte der beharrlich, sich zu befreien, weil Jonas den Polizeigriff noch nicht so ganz draufhatte. Mit den Worten „Ich muss jetzt mal da rüber – sehen wir uns am Montag?", verabschiedete sich Guntram.

Es folgte ein kurzes Handgemenge und schon war Alexej dingfest gemacht. Die beiden Streifenwagen verließen den Parkplatz des Petershofs, auf dem jetzt zirka vierzig Menschen einmal tief Luft holten und gleichzeitig durcheinanderredeten.

13. Kapitel, in dem Faxe ausnahmsweise auch mal erzählen darf

„Und daß haßt du wirkliß alleß ganß allein gemacht?", fragte Companero, als Faxe am Sonntag auf der Weide von seinen Abenteuern erzählte.

„Ja, hat er. In meinem Auftrag natürlich." Man ist ja großzügig, aber dass sich das abtrünnige Personal derart mit unnötigen Heldentaten brüstet, fand ich überflüssig.

„Und dann hab ich sie alle entführt", erzählte Faxe zum soundsovielten Mal vom Lauf der Mustangs, wie er es nannte. Nachdem er sich so über John-Boy und alle anderen geärgert hatte, war er an der üblichen Stelle unter dem Zaun durchgekrabbelt, gelenkig, wie es halt nur ein Tinker ist. Und Blacky, das Minishetty. Auf verborgenen Pfaden hatte er sich nach Diepenmühle begeben, angelockt von der Musik und den vielen Pferden, die er schon von weitem gewittert hatte. Anscheinend war es ihm ein leichtes gewesen, durch auffälliges Imponiergehabe die Aufmerksamkeit der Pferde im Schützenzug zu gewonnen, und „schnell wie der Blitz sind wir alle weggelaufen. Sie sahen mich an und wussten gleich, dass ich ihr Anführer bin. Wo ich hinging, folgten sie mir. Überallhin. Wir waren wie Mustangs – wild und frei wie der Wind."

„Und das sogar bergauf", sagte ich gehässig. „Schon erstaunlich, was für eine gute Kondition so Warmblutmustangs haben."

„Verglichen mit einem Tinker allemal", ergänzte Lisette von ihrem Platz auf der anderen Seite des Zauns. Wir standen alle um Faxe herum – Konrad, Companero und ich auf unserer Seite des Zauns, Lisette, Peppy, Else und Stuti auf der angrenzenden Stutenweide zu unserer Rechten. Auf der linken Seite bemühte sich John-Boy auf der Schulpferdeweide vergeblich um Peppys Aufmerksamkeit.

„Ja, man glaubt gar nicht, wie schnell die rennen können. Genauso schnell wie ihr Anführer", sagte Faxe stolz und immun gegen Lisettes und meine Kommentare. „Der Lauf der Mustangs ging dann noch zweimal um unseren Hof herum, bis ich ihnen ihre Freiheit geschenkt habe."

„Wohin sind sie dann gegangen?", fragte Stuti aufgeregt.

„Nach Hause, essen. So wie ich."

„Sspitßenleistung", kommentierte Companero. „Nurrr ein beßonderrrß charrrakterrrßtarrrkeß Pferrrd kann ßo eine Leißtung vollbrrringen, und dann ißt ihm die Liebe derrr Frrrauen ßicherrrr."

„Da hast du allerdings Recht. Das stimmt doch, oder, Liebste?", fragte Faxe in Richtung Stutenweide. Zu uns gewandt, führ er fort: „Ich hatte euch ja gesagt, dass ich ein Geheimnis habe. Es fing damit an, dass Pfridolin und ich den Mord an Ralph Reißmann aufklären wollten. Das ist uns auch gelungen."

„Hört, hört", rief John-Boy aus der Ferne. Die anderen guckten beeindruckt. Ich auch, weil ich nämlich keinen Schimmer davon hatte, was Faxe da erzählte. „Meine Partnerin und ich haben nämlich herausgefunden, dass

Ralph Reißmann seine Pferde gedopt und allerlei krumme Dinger gedreht hat."

Moment mal – er und seine Partnerin? Seit wann hatte Faxe eine Freundin? Aber er sprach weiter.

„Es war also nicht weiter verwunderlich, dass es mit ihm das Ende nahm, das wir alle kennen. Erstaunlicher war, wie es tatsächlich geschah." Er machte eine Kunstpause.

„Ja was geschah denn nun?" Stutis Nerven machten nicht mehr mit. Unprofessionelles Verhalten, dachte ich, aber absolut verständlich. Wir alle hingen an seinen Lippen.

„Sag schon", drängte Konrad, der sich ausnahmsweise nicht auf imaginären Turnierplätzen als zweiter Totilas fühlte, sondern ganz im Hier und Jetzt war. Wahrscheinlich, weil Ralph Berufsreiter gewesen war. Das schien sogar Konrad zu interessieren, der so gern auf Turniere ging, weil er damit zuhause angeben konnte. Selbst Lisette guckte ungeduldig. Ich bemühte mich um eine wissende Miene, denn ich hatte ja möglicherweise den Mord mit aufgeklärt und wollte mir keine Blöße geben. Ehrlich gesagt interessierte ich mich auch viel mehr für Faxes Freundin. Wer mochte das nur sein? Und wie hatte er das geschafft?

„Werrr warrr denn derrr Mörrrderr?", fragte Companero.

Faxe sagte es uns. Wir waren beeindruckt.

„Gell, da schaut ihr? Da hab ich's euch aber allen gezeigt", merkte Faxe eitel an.

Langweilig, langweilig, langweilig. Nach der Aufregung der beiden letzten Tage fand Dana alles öde. Aus Verzweiflung hatte sie sogar die Fenster geputzt, wobei sie mit ihrer Nachbarin über die sensationellen Ereignisse gestern ins Gespräch gekommen war. Frau Schmidtke war dank ihrer großen Familie und ihres noch größeren Bekanntenkreises für gewöhnlich gut über alles unterrichtet, was in und um Meisenwald passierte, und der reiterlose Schützenzug hatte nicht nur die Gemüter in Diepenmühle erregt. Besucher waren von nah und fern angereist, um den prächtigen Schützenzug mit den imposanten Friesen zu bewundern, und zahlreiche Familien – auch die von Frau Schmidtke – waren enttäuscht bis aufgewühlt gewesen, als die Fußtruppen in endloser Formation vorbeizogen und keine Pferde weit und breit zu sehen waren. Bis auf Lotte und Max, die am Ende des Zuges gemächlich die Kutsche des Schützenkönigs zogen und dank ausreichender Entfernung zu Faxe und eines mehr als trägen Naturells nicht an der wilden Jagd teilgenommen hatten. So etwas hatte es in der langen und oft langweiligen Geschichte von Diepenmühle nicht gegeben.

Besonders traurig war Frau Schmidtkes Enkelin Josefine gewesen, die als erklärter Pferdefan ihr Kinderzimmer mit allen Pferdebildern dekoriert hatte, derer sie habhaft werden konnte. Sie hatte sogar angefangen, sich mit den Grundzügen der Friesenzucht auseinanderzusetzen und konnte bei den herausragendsten Exemplaren aus der Zucht von Gerrit van de Velde die Abstammung über mehrere Generationen herunterbeten. Und was viel wichtiger war: Sie konnte die schwarzen

Pferde sogar auseinanderhalten, was Dana ehrlich bewunderte. Für sie sah ein Friese aus wie der andere. Und nun hatte sich Josefine so gefreut und war dann so enttäuscht worden. Und was Josefine aufregte, regte auch ihre Großmutter auf.

Wenn man Frau Schmidtke so hörte, würde man nicht auf die Idee kommen, dass es auf der Welt schlimmere Verbrechen als reiterlose Schützenzüge gäbe, dachte Dana. Sie warf ein: „Das war sicherlich eine einmalige Sache. Im nächsten Jahr wird Faxe keine Gelegenheit haben, nochmal Blödsinn anzustellen."

„Sie kennen den Verbrecher sogar?"

„Ja, er wohnt bei uns im Stall. Mein Pferd ist mit ihm befreundet."

„Er hat sich sicherlich nichts dabei gedacht, aber für Josefine war es schon schlimm."

„Vielleicht möchte Josefine ihn ja mal persönlich kennenlernen, so dass er sich bei ihr entschuldigen kann?", schlug Dana vor. *Und vielleicht lässt Melanie sie ja auch reiten, so dass Josefine und Frau Schmidtke wieder glücklich sind.*

„Das hört sich gut an", befand Frau Schmidtke. „Apropos hören: haben Sie schon gehört, dass beim Sohn von diesem Bauunternehmer eine Hausdurchsuchung war? Ich meine die Firma, die hier das Einkaufszentrum bauen soll. In der Firma in Köln waren sie auch. Sie haben ihn gleich mitgenommen und verhaftet. Jetzt frag ich mich aber doch, ob die Baufirma nicht auch Dreck am Stecken hat. Sie nicht auch?"

Auch Dana hegte diesbezügliche Vermutungen. Nachdem die Fenster sauber waren, saß sie wieder am

Küchentisch und hing ihren Gedanken nach. Jetzt gab es also schon zwei Festnahmen – das würde dem Schwager des Bürgermeisters nicht gefallen. Und der Bürgermeistersgattin erst recht nicht. Cordula Klingebiel war ja immer so etepetete und darauf bedacht, sich immer nur mit der besseren Gesellschaft zu umgeben. Nach dem, was Guntram gesagt hatte, hatte es sich beim Sattelklau um organisiertes Verbrechen gehandelt, und zwar international. Wer da wohl noch alles drinhing?

Von Guntram hatte sie seit gestern nichts mehr gehört, und sie war sich gar nicht sicher, ob sie ihm überhaupt ihre Handy-Nummer gegeben hatte. Bis Montag war es noch so lange hin. Und sie wollte doch so gern mehr wissen. Wer war noch alles am Sattelklau beteiligt gewesen? Stimmte es wirklich, dass im ganz großen Stil und auf Bestellung geklaut wurde? Und wer hatte Ralph beim Doping seiner Pferde geholfen? So einfach kam man ja nicht an die Medikamente ran.

Nachdem die beiden Streifenwagen gestern vom Hof gefahren waren, war es im Stall drunter und drüber gegangen. Oleg war sofort mit Familie Peters im Haus verschwunden und sonst war niemand da, den man etwas hätte fragen können. So ein Zustand war für jemanden wie Dana nur schwer zu ertragen. Sicher würde Kiki bald wieder herauskommen, um ihre Pferde zu versorgen und Oleg musste noch füttern, aber irgendwie glaubte sie nicht, dass die beiden die Hintergründe des Verbrechens kannten.

Alle anderen waren damit beschäftigt gewesen, die Ereignisse lautstark zu verarbeiten und darüber zu spekulieren, wieso Alexej Ralph umgebracht hatte – denn durch seinen Fluchtversuch und die anschließende Festnahme war seine Schuld ja wohl erwiesen, oder? Besonders Felix' aufgebrezelte Besucherinnen taten sich durch hysterische Anwandlungen hervor.

„Oh Felix, was für ein schrecklicher Reitstall! Hier laufen Kriminelle frei rum!"

Die andere blondierte und extrem aufgehübschte Dame ergänzte mit gerümpfter Nase: „Ich wusste gleich, dass mit dem was nicht stimmt. Der hat so komisch geguckt."

"Noch komischer als du, Celina?", fragte Felix. Da konnte sich sogar Dana, die den Kerl ja eigentlich gar nicht ausstehen konnte, ein Grinsen nicht verkaufen. Aber Felix legte noch einen drauf: „Elizabeth und Celina, kommt jetzt mal zur Ruhe und atmet einfach ein bisschen. Der einzige Kriminelle, der hier rumläuft, wurde gerade verhaftet. Wenn euch hier sonst noch etwas nicht passt, können wir gern darüber reden, es wird sich aber nichts ändern. Peppy und ich fühlen uns hier ausgesprochen wohl und bleiben. Wenn ihr meint, ihr haltet es nicht aus, könnt ihr gern gehen. Ich wäre dann zwar untröstlich (*Tragischer Augenaufschlag! Gefühlvoller Blick! Typisch Frauenversteher - allein für den Dackelblick hätte er schon eine Klatsche verdient*, dachte Dana), würde aber irgendwann über den Schmerz hinwegkommen. Abgesehen von Alexej sind alle anderen hier nette, normale Leute, die ihren Pferden ein schönes Leben bieten wollen. Und wer weiß, aus welchem Grund Alexej getan hat, was er anscheinend getan hat."

„Jetzt nimm diesen Verbrecher nicht noch in Schutz! Und außerdem: Normal würde ich das nicht gerade nennen, was du und diese Leute hier" – sie wedelte mit dem Arm – „für ihre Pferde veranstalten!", zickte die erste Blondine. Das musste dann Elizabeth, die Ex-Freundin sein, die anscheinend noch einmal ihre Fühler Richtung Felix ausgestreckt hatte, mutmaßte Dana. „Nie Freizeit, immer dieser Pferdegestank, und dann machen sich diese Tiere immer so schmutzig!"

„Das hier ist Freizeit, und eine bessere Art, seine Freizeit zu verbringen, kann ich mir nicht vorstellen", lachte Felix. Elizabeth erkannte eine Absage, wenn sie eine bekam, und guckte giftig. Bevor sie noch etwas sagen konnte, schob er nach: „Was das Ganze aber noch abrundet, ist mein wunderbarer Besuch - die beiden schönsten Frauen Düsseldorfs. Sagt selbst – ist das nicht perfekt?"

Geschmeichelt und besänftigt lächelten die beiden Blondinen wieder. Felix nahm beide in den Arm, eine rechts, eine links, und ging mit ihnen vom Parkplatz. Ein Frauenversteher und ein Schlitzohr obendrein. Gegen ihren Willen bewunderte Dana Felix' Technik, die beiden Schicki-Micki-Damen einzuordnen, aber so, dass sie ihm weiterhin aus der Hand fraßen.

Melanie hatte das kurze Gespräch ebenfalls verfolgt. „Furchtbare Weiber! Aber gottseidank ist sonst alles gut, jetzt, wo Alexej verhaftet ist. Hättest du ihm so was zugetraut?"

„Nie im Leben! Er war immer so freundlich und lustig. Ich hätte nie gedacht, dass er jemanden umbringen könnte."

„Ja, nicht? Oder dass Ralph etwas mit dem Sattelklau zu tun hatte. Wobei… irgendwie passte das ja zu seinem Arschloch-Charakter. Er tat immer nett und war dabei ein Tierquäler und Betrüger und ganz allgemein ein widerlicher Kerl."

Später, als Dana auf der Stallgasse mit Pfridolin beschäftigt war, war Felix noch einmal vorbeigekommen und hatte sie nach der Uhrzeit gefragt.

„Halb sieben ist es. Ist deine Uhr kaputtgegangen?"

„Ach, die Angeber-Uhr. Die musste ich verkaufen, um die Bank zu beruhigen. Die Schreinerei läuft noch nicht so gut, und anders konnten wir den Kredit nicht bedienen. Meine Eltern hätten mir geholfen, das wollte ich aber nicht. Ich möchte gern selbst was schaffen." Dana nickte verständnisvoll und bemühte sich, sich ihre Überraschung nicht anmerken zu lassen. Felix fuhr fort: „Jetzt muss ich aber noch ein bisschen in die Schreinerei, Geld verdienen. Schließlich soll Peppy ja weiterhin einen schönen Stall haben und ein Herrchen, dass auch Schmied und Tierarzt bezahlen kann!" Er lächelte entwaffnend und streichelte an Pfridolins Hals herum.

Netter Kerl. Ich mochte ihn ganz gern. Er hatte eine sympathische Ausstrahlung, war locker und entspannt und das Wichtigste war: er konnte die Frau zur Weißglut bringen und sie konnte nichts dagegen tun. Im Moment sah es allerdings nicht so aus, sondern eher so, als würde sie ihn gleich zur gegenseitigen Fellpflege auffordern. Merkwürdig.

„Ein paar Wunderwerke schreinern, ja?" Dana konnte auch nett sein, wenn sie wollte.

„Ja genau. Und vielleicht gibt es ja aus Elizabeths Dunstkreis ein paar schicke neue Aufträge, dann wären wir aus dem Gröbsten raus." Er zwinkerte ihr zu und ging zum Parkplatz.

Tja. Das war gestern gewesen. Und heute fehlte ihr – ja was eigentlich? Die Action? Nö, eigentlich nicht. Die Auflösung der ganzen kleinen und großen Rätsel, das war's. Frische Luft würde ihr guttun, und im Stall fühlte sich immer am besten aufgehoben. Entschlossen stapfte sie vor die Tür und rannte dabei noch einmal Frau Schmidtke in die Arme.

„Ich soll sie auch noch schön grüßen. Das hätte ich fast vergessen, stellen Sie sich vor! Von der Annemarie. Annemarie Deiters. Wir haben uns gestern beim Schützenzug gesehen. Da kommt ja jeder hin, wissen Sie ja. Ihr geht es viel besser, sagt sie. Und das hätte sie Ihnen zu verdanken."

Dana war gerührt und bedankte sich.

Wir standen immer noch auf der Weide und debattierten.

„Ohne deine Partnerin hättest du das nicht geschafft. Niemals!", erklärte Peppy.

„Da hat sie Recht! Stuten sind einfach die besseren Ermittler!" Das kam von Stuti. Wenn ich Augenbrauen gehabt hätte, hätte ich sie hochgezogen. So jung und schon so eingebildet. „Stuti, wir beide müssen uns mal dringend unterhalten."

„Aber setz ihr nicht wieder irgendwelchen Blödsinn in den Kopf, mein Lieber!" Anscheinend war auch Lisette der Ansicht, dass meinereiner - und generell Angehörige des männlichen Geschlechts - ohne fremde Hilfe noch nicht mal den Weg zum Futtertrog finden würden. „Es wundert mich sowieso, dass du schon ohne deine Mutter draußen rumlaufen darfst. Wenn ich mir angucke, was ihr Jungs so für Blödsinn produziert…"

„Wie meinst du das, meine Liebe?", mischte sich John-Boy ein, der für sein Alter ein ziemlich gutes, wenn auch selektives Gehör hat. Sprich: er hört nur das, was er hören will. Faxe und ich beherrschen das übrigens auch ganz gut. „Du siehst heute übrigens ganz wunderbar aus. Du siehst ja immer großartig aus, aber heute hast du dich selbst übertroffen. Dein Fell glänzt wie mit Brillanten besetzt, und deine Figur macht aus einem Plüschtier einen feurigen Hengst!"

„Mit Plüschtier meinst du dich, ja?", fragte Lisette.

„Meine Liebe, für dich bin ich alles, was du willst – sogar ein Plüschtier. Aber noch lieber ein feuriger Hengst!", säuselte der Grandseigneur der Schul-pferdeweide. Wir verglichen ihn allerdings lieber mit Johannes Heesters. Mittlerweile staunten wir nur noch, welchen Blödsinn John-Boy ungestraft verzapfen durfte. Lisette hatte es bemerkt: „Da guckt ihr, was? So spricht man mit einer Dame. Das nennt man kultiviert. Aber von Charme habt ihr Mulis ja keine Ahnung!"

„Momentchen mal, ich habe einen Freund, der ein Muli kennt. Und der sagt, das Muli wäre schwer in Ordnung. Findest du das jetzt nicht auch ein bisschen diskriminierend, Lisette?", schaltete Faxe sich in das Gespräch ein.

„Und genau das meinte ich vorhin. Seht ihr, Mädels – deshalb sage ich Vorsicht, wenn ihr euch mit jemand von dieser Seite des Zaunes unterhaltet. Die Schulpferde auf der anderen Nachbarwiese sind geistig völlig klar, aber die Herrschaften hier sind allesamt mit Vorsicht zu genießen. Ich gebe zu, sie sind lustig, aber sie haben insgesamt das Urteilsvermögen einer sehr dummen Pferdefliege, wenn ihr wisst, was ich meine."

„Ich glaube schon – doof, aber beharrlich!", erklärte Else. Wenigstens hatte sich Stuti bis jetzt nicht zu meiner oder unserer kollektiven Intelligenz geäußert. Ich suchte immer noch nach dem Silberstreif am Horizont, Idealist, der ich war.

„Stuten haben's drauf!", meldete sich nun auch Stuti zu Wort und skandierte den Schlachtruf „Stu-ten, Stuten!", in den die anderen nach und nach einstimmten. Ich verdrehte die Augen und ging möglichst weit weg von den Verrückten, nämlich zur Schulpferdeweide.

„Was hast du, mein Junge?", fragte John-Boy, dem mein leidender Blick nicht entgangen war. „Magst du etwa keine Stuten?"

„Doch, schon."

„Siehst du – ich auch! Stu-ten, Stu-ten!"

„John-Boy, die Mädels wollen uns erklären, dass sie schlauer als wir sind. Und wenn ich mich so umgucke" –

ich ließ den Blick über unsere Weide und die Schulpferdeweide schweifen, auf der je drei verpeilte Wallache „Stu-ten, Stu-ten" riefen und sich wie zwei sehr kleine Schüler-Demos gebärdeten, „glaube ich ihnen allmählich." Geistig gesund war was anderes. Ich trabte zur Stutenweide. Vielleicht war ich dort besser aufgehoben. Stuti lächelte mich an. „Frauen-Power! Es war Lisettes Idee, aber ich darf das nicht weitersagen."

„Hast du ja auch nicht", beruhigte ich sie. „Weißt du eigentlich, wer Faxes Freundin ist? Ich würde ihn ja selbst fragen, aber im Moment ist hier mit keinem was anzufangen. Außer dir natürlich."

Sie lächelte. „Das weißt du wirklich nicht? Er ist mit Peppy zusammen."

Dana war gerade mit Ausmisten fertig, als der Streifenwagen auf den Hof fuhr.

„Das ist ja mal wieder typisch. Immer, wenn ich mit der Arbeit fertig bin, stehst du auf der Matte. Du schuldest mir übrigens noch einmal Ausmisten. Für sachdienliche Hinweise und so", begrüßte sie Guntram.

„Hallo erstmal. Ich habe Neuigkeiten, die nicht bis morgen warten können! Was ist das überhaupt für ein respektloser Umgang mit der Staatsgewalt?", fragte der. *Ups. Erst denken, dann sprechen*, erinnerte sich Dana und lenkte ab: „Ich find's ja toll, dass du deshalb extra hierhergekommen bist! Ich glaube, ich muss auch noch eine Aussage machen, oder?"

„Ja, der Kollege Wollmeier wird dich in der nächsten Woche aufs Polizeipräsidium einladen. Er ist schon ganz wild auf den ganzen Papierkram."

Dana verzog das Gesicht. „Wir kennen uns schon."

„Ja, Siggi ist für seine ausgefuchste Fragetechnik berühmt", grinste Guntram.

„Was hast du denn für Neuigkeiten? Darf ich weiter mitermitteln?

„Na ja, soviel gibt's da nicht mehr zu ermitteln. Inzwischen liegt nämlich das Ergebnis der Gerichtsmedizin vor. Das Gutachten über die Todesursache. Ralph Reißmann ist erstickt. Da es keinerlei Kampfspuren gab, lässt die bei ihm festgestellte Blutalkoholkonzentration die Annahme zu, dass er selbständig, also ohne äußere Einwirkung, in den Misthaufen gefallen und dort aufgrund seiner Alkoholisierung erstickt ist."

„Er ist besoffen in den Misthaufen gefallen und dabei erstickt?", übersetzte Dana.

„Genau", strahlte Guntram.

„Er hat ja immer ganz schön getankt. Da sieht man mal wieder, wie gefährlich Alkohol ist. Aber wie hat er es angestellt, dass er so tief im Mist steckte?"

„Der Mist war relativ locker geschichtet und ist wohl nach und nach ins Rutschen gekommen. Dabei hat er Herrn Reißmann teilweise bedeckt, was sein Ableben wahrscheinlich noch beschleunigt hat."

„Wahrscheinlich", nickte Dana.

„Fazit: eine natürliche Todesursache, kein Mord. Obwohl mich das ehrlich gesagt wundert. Je mehr ich über

Reißmann herausgefunden habe, desto eher könnte ich es verstehen, wenn ihn doch jemand umgebracht hätte. Das ist natürlich meine streng private Meinung und hat nicht mit meiner dienstlichen Tätigkeit zu tun", schloss Guntram seine Erklärung.

„Und Alexej?"

„Der steckt bis zum Hals in der Sattelklau-Geschichte drin. Er war es auch, der die Beweismittel aus dem Spind verschwinden ließ. Der Kopf der ganzen Sache war anscheinend Thomas Schneyder aus Köln, der dort eine Im- und Exportfirma betreibt. Der Vater ist übrigens Teilhaber in der Baufirma, die in Meisenwald dieses riesige Einkaufszentrum hinstellen will. Die Firma Beutell & Schneyder hat auch schon Besuch von der Steuerfahndung bekommen, da nicht ganz klar war, welche geschäftlichen Beziehungen zwischen der Im- und Exportfirma und dem Bauunternehmen bestanden. Die Lkws, die für den Transport der gestohlenen Sättel verwendet wurden, waren nämlich auf das Bauunternehmen zugelassen. Die haben wirklich im ganz großen Stil geklaut und wiederverkauft. Noch dazu war alles perfekt organisiert und lief unter dem Deckmäntelchen der Im- und Exportfirma. Wenn Reißmann es nicht übertrieben hätte und sich Gott und die Welt zum Feind gemacht hätte, wäre wahrscheinlich nie etwas rausgekommen. Aber so ist irgendjemand aufgefallen, dass Reißmann überall da war, wo wenig später eingebrochen wurde. Dieser Jemand hat eins und eins zusammengezählt und uns einen Tipp gegeben. Dann hat einer der Lkws noch ein Kennzeichen verloren, blöderweise in der Nähe eines Tatorts. Na ja, und von da aus war es nur ein kleiner Schritt zu der familiär verbandelten Im- und Exportfirma. Thomas Schneyder hat mittlerweile auch alles gestanden. Nur die Sättel sind verschwunden und treiben sich wahrscheinlich gerade im Ausland herum."

„Und wie ist Ralph an die Dopingmedikamente gekommen?"

„Er hat mit einem Tierarzt zusammengearbeitet, der bis zur Halskrause verschuldet war und für Geld fast alles getan hat."

„Sauber."

„Ja, der Herr hatte jede Menge Dreck am Stecken."

In Dana arbeitete es. „Thomas Schneyder, Thomas Schneyder – irgendwie kommt mir der Name bekannt vor. Ich hab's – Tom Schneyder! Das ist die Firma, in der die Freundin meiner Auszubildenden arbeitet. Die muss sich jetzt wahrscheinlich eine neue Lehrstelle suchen. Gottseidank ist ihr nichts passiert und ihr seid rechtzeitig gekommen!"

„Da hat uns Kommissar Zufall geholfen. Wir wollten die Firma mal genauer unter die Lupe nehmen und konnten dabei glücklicherweise die junge Frau befreien. Schneyder behauptet, es hätte ihm auch leidgetan, aber sie wäre einfach zu neugierig gewesen."

In Danas Kopf ratterte es. „Heißt das, es gibt auch kein Einkaufszentrum mehr?"

„Jedenfalls nicht mit diesem Bauunternehmen", grinste Guntram. „Die Steuerfahndung hat wohl einiges gefunden und wird sich liebevoll um die Firma Beutell & Schneyder kümmern. Dem Vernehmen nach wollte sich Matthias

Schneyder gerade nach Südamerika absetzen, angeblich, um dort Immobilien zu besichtigen."

„Ach guck. Das wird seiner Schwester aber nicht gefallen. Und dem Herrn Bürgermeister auch nicht."

„Die Ermittlungen sind jedenfalls noch nicht abgeschlossen", meinte Guntram vielsagend.

„Ach wär das schön, wenn das blöde Einkaufszentrum nicht gebaut wird!", freute sich Dana.

Felix kam in die Stallgasse. „Hallo Dana, hallo Guntram! Ich wollte dich eigentlich nur fragen, ob du Lust hast, auszureiten. Aber wenn ihr hier beschäftigt seid..."

„Nein, gar nicht. Ich wollte dich sowieso sprechen, Felix. Ich habe gerade den Bericht der Gerichtsmedizin über die Todesursache deines Bruders erhalten. Ralph ist eines natürlichen Todes gestorben."

„Bruder?" Danas Kiefer entgleiste. *Ich muss mir das unbedingt abgewöhnen, das sieht bestimmt saudumm aus.* „Ralph war dein Bruder? Warum hast du das keinem gesagt?"

„Mein Halbbruder", berichtigte Felix. „Wir standen uns nicht besonders nahe. Meine Mutter hat danach nochmal geheiratet und mich bekommen."

„Es ist dann also wahrscheinlich kein Zufall, dass du mit Peppy hier in den Stall gezogen bist?"

„Ist das ein Kreuzverhör? Nein, ist es nicht. Aus der Firma meiner Eltern ist Geld verschwunden, und zwar nicht wenig. Ralph hatte immer Geldprobleme, und unsere Mutter hat ihm schon oft aus der Klemme geholfen. Nach seinem letzten Besuch bei uns ist ein großer Betrag vom Firmenkonto abgehoben worden, und sie hat mich gebeten, mal ein Auge oder zwei auf Ralph zu werfen. Außerdem sollte ich versuchen, das Geld wieder aufzutreiben. Die Firma ist durch die Abhebung im Moment nicht übermäßig liquide." Felix lächelte schief.

„So langsam wundert es mich wirklich, dass niemand deinen Bruder umgebracht hat", sinnierte Guntram.

„Mich ehrlich gesagt auch", gab Felix zu.

„Hat jemand Lust, auszureiten? Und mich informationstechnisch auf den neuesten Stand zu bringen?" Melanie war die Stallgasse heruntergeschlendert und guckte auffordernd vom einen zum anderen.

„Faxe ist mit Peppy zusammen? Wirklich???" Ungläubig sah ich Stuti an.

Die nickte. „Schon seit ein paar Tagen."

„Aber – wieso? Ich meine, er ist zwar nett und klug und hilfsbereit und stark behaart und so. Und er kann Türen öffnen und ist außerdem ein überraschend fähiger Ermittler. Aber sonst? Was kann er ihr sonst noch bieten?"

„Praktisch nichts", nickte Stuti. „Gut, dass ich selbst einen Beruf habe und ein findiges Köpfchen, ansonsten würde ich glatt noch selbst auf jemanden hereinfallen, der attraktiv ist, lange Haare hat und bald die Tür zur Futterkammer aufbekommen wird."

Ich wurde das Gefühl nicht los, dass sie sich über mich lustig machte. Das war alles Lisettes schlechter Einfluss. „Ja, stell dir nur mal vor, was das für ein schreckliches Leben wäre", sagte ich versuchsweise. „Jeden Tag müsstest du Faxes besten Freund sehen und würdest dich ärgern, weil er noch viel toller aussieht und vor allem innere Werte hat. Und klug ist der. Alles, was Faxe weiß, hat er von seinem besten Freund gelernt."

„Und wer ist das?", fragte sie.

„Diese überragende Pferdepersönlichkeit, die außerdem noch nebenher als Geheimagent tätig ist, steht direkt vor dir."

Ich konnte sehen, dass sie das beeindruckt, deshalb legte ich nach: „Außerdem habe ich noch zwei rosa Halfter." Diesem unwiderstehlichen Argument musste sie sich beugen. Ich hoffte nur, dass keiner meiner Kumpels unserem Gespräch zugehört hatte.

„Rosa ist toll", lächelte Stuti.

„Du auch!", sagte ich versuchsweise und war unsicher, wie es weitergehen würde. Stuti senkte die Nase ins Gras und fraß. Ich fand das alles furchtbar romantisch.

Auf meiner Seite des Zauns bewegte sich etwas. Faxe kam gemächlich herangeschlendert.

„Was geht, Alter?", begrüßte ich ihn. „Bist ja doch noch ein ganz guter Ermittler geworden!"

„Bei dem Lehrer", sagt er mit hochgezogenen Augenbrauen. Also wenn er welche gehabt hätte. Muss man sich jetzt einfach mal so vorstellen.

Lisette kommandierte ihre Herde zu sich. Stuti verschwand, worüber ich ausnahmsweise mal ganz froh war.

„Was ich dir aber so nicht beigebracht habe, ist der Umgang mit schönen Verdächtigen."

Faxe grinste. „Neidisch?"

„Darum geht's doch gar nicht", log ich. Ich hatte zwar jetzt möglicherweise eine Freundin, aber Peppy wollte mir nicht aus dem Kopf. Möglicherweise bin ich polyamorös und kann gar nichts dafür, wenn mir viele Frauen gefallen. Ich muss das mal genau ermitteln. Apropos Ermitteln: „Mit den schönen Verdächtigen ist das nämlich so, dass die zwar schön sind, aber auch verdächtig. Da muss man sehr aufpassen, dass man sich nicht in Gefahr begibt. Das ist also nur was für erfahrene Ermittler mit einer gefestigten Persönlichkeit." Ich sah Faxe mahnend an.

„Ja klar. Du bist nur neidisch, gib's zu! Außerdem hab ja wohl ich den Fall gelöst und nicht du. Wer ist hier also der erfahrene Ermittler, hä?"

„Ich habe dir den Vortritt gelassen, damit du was lernst", erwiderte ich würdevoll. „Außerdem wusste ich gleich, wie es passiert ist. War ja wohl sonnenklar." Ich gebe zu, ich bluffte, aber Faxe fiel darauf rein. Von wegen erfahrener Ermittler mit gefestigter Persönlichkeit. Dass ich nicht lache!

„Echt?" Faxe guckte enttäuscht. „Ich hab jedenfalls ganz schön lang gebraucht, bis ich darauf gekommen bin, dass Blacky Ralph in den Mist geschubst hat. Genauer gesagt hat er sich verplappert. Aufgrund meiner ausgefuchsten Fragetechnik."

„Stimmt ja, du sprichst seine Sprache. Oder umgekehrt."

„Genau, und sie ist gar nicht schwierig. Man muss halt zwischendurch auch einfach mal zuhören", meinte Faxe selbstzufrieden.

Faxe konnte mir langsam mit seinen salbungsvollen Sprüchen gestohlen bleiben. „Hat Blacky dir auch gesagt, warum er Ralph in den Mist geschubst hat?"

„Weil Ralph ihn zuerst getreten hat. Er hat einfach nur zurückgetreten, aber zwei Beine sind anscheinend wirkungsvoller als eins."

„So, wie Ralph immer nach Schnaps gestunken hat, hat Blacky bestimmt nicht fest zutreten müssen. Den Rest haben die Schwerkraft und der Alkohol erledigt."

„So in etwa. Blacky sagte, er wäre total beeindruckt gewesen, als Ralph wie ein Stein umgefallen und im Mist gelandet ist."

„Dann hat er die Leiche tatsächlich als Erster gefunden, und zwar, als sie noch am Leben war. Ganz schön raffiniert. Und Lisette wollte mir einreden, dass Kiki verdächtig ist. Bloß, weil die sich um Ralphs Pferde kümmert und deshalb mehr mit ihm zu tun hatte als andere. Was ihr natürlich auch mehr Tatmotive und Möglichkeiten gegeben hätte." Das war gar keine schlechte Idee von Lisette gewesen. Nur schade, dass sie nicht stimmte. „Was hatte Blacky eigentlich da oben am Misthaufen zu suchen?"

„Dies und das", antwortete Faxe ausweichend.

„Er hat es dir nicht gesagt, stimmt's?"

„Meiner Fragetechnik kann keiner widerstehen, das hab ich dir doch gesagt. Ich sollte aber keinem erzählen, dass er die Minishettys auf dem Nachbarhof besucht. Anscheinend hat er da eine Freundin."

„Gut, dass du so verschwiegen bist", sagte ich.

Faxe guckte mich durch seine langen Stirnzotteln an. „Blacky sagt, er hätte es für uns alle getan. Damit die Welt ein besserer Ort wird. Böse Zungen könnten allerdings vermuten, dass Ralph hackedun war und schlicht und ergreifend über Blacky gestolpert ist. Unser kleiner Freund neigt nämlich zu Übertreibungen, und wenn man sich das Kräfteverhältnis mal näher anschaut, könnte einem schon der Verdacht kommen, dass ein Minishetty keinen erwachsenen Mann so treten kann, dass der zwei Meter weit durch die Luft fliegt."

„Also ich nenne es Unfall. Blacky ist ein kleiner Angeber."

„Für einen Oberschurken reicht's nicht ganz", räumte Faxe ein. „Das wäre eher eine Aufgabe für jemanden wie mich, der taktisch und analytisch denken kann. Wenn ich will, kann ich das perfekte Verbrechen begehen, wetten?"

„Dann würde ich mir an deiner Stelle schon mal Gedanken darüber machen, wie ich mich aus Melanies Fängen befreie. Der kommt da nämlich zusammen mit der Frau und will uns in den Stall bringen."

„Von Melanie lass' ich mich gern einfangen, die mag mich nämlich", antwortete Faxe kokett. Ich verdrehte die Augen. Tinker-Humor ist schon sehr speziell.

Im Stall angekommen, gingen wir als erstes in unsere Boxen, um zu kontrollieren, ob denn auch ausreichend und das richtige Futter für uns ausgelegt wäre. Einmal hatte ich statt Heu Heulage in der Box gehabt und hoffte seitdem auf eine Wiederholung dieser glücklichen Fügung. Die Frau ist ja so grausam und geizig und gönnt mir nur gesunde Dinge. Irgendjemand hat ihr nämlich den Floh ins Ohr gesetzt, Heulage wäre nicht gut für mich, aus irgendwelchen ernährungstechnischen Gründen.

Während Guntram zu Kiki ging, um sich nach Reitunterricht für Erwachsene zu erkundigen, schleppten

Dana und Melanie Sattel- und Putzzeug zum Anbindebalken. Felix hatte Peppy schon dort angebunden. Faxe hatte es mit einem Mal sehr eilig, aus der Box zu kommen und blinzelte Peppy lüstern zu. Er murmelte etwas von „meinem Mädchen die Welt zeigen". Ein Blick in Peppys Gesicht zeigte mir allerdings, dass sie die schon kannte.

„Faxe, die spielt nur mit dir und deinen Gefühlen", raunte ich ihm zu.

„Ist mir egal", antwortete der und steuerte zielstrebig weiter den Platz neben ihr an.

Hinter mir erklangen beschwingte Huftritte. „Muss mir doch mal mein neues Zuhause angucken", zwitscherte Else, die einen Mann hinter sich herzerrte.

„Ich wohne nämlich jetzt neben dir, du süßes kleines Ding mit der scheußlichen Frisur!"

Ich sammelte die Reste meiner Würde vom Fußboden ein und antwortete höflich-distanziert: „Nein, da wohnt Companero. Und ich bin erstens nicht süß, sondern fast ein Hengst, und zweitens trägt man das jetzt so, jawohl."

Else kicherte. „Du bist total niedlich, wenn du dich ärgerst. Hat dir das schon mal jemand gesagt?"

Neckisch zauste sie meine schiefe Mähne und widmete sich dann wieder ihrem Besitzer, der ihr nahelegte, dass es jetzt eine gute Idee wäre, wieder auf ihn zu hören. Sie zwinkerte mir zu und ließ sich von ihm in Companeros Box führen. Im Weggehen rief sie mir zu: „Übrigens haben Companero und ich die Boxen getauscht, weil du so süß und hilflos bist und deine Besitzerin meinte, du würdest dich sicher über eine große, starke Freundin freuen."

Wie vom Donner gerührt starrte ich ihr nach. Na, das konnte ja heiter werden.